PROFIL D'UNE ŒUVRE

Collection créée par Georges Décote

Rene

(1802)

Mémoires d'outre-tombe

(1848-1850)

CHATEAUBRIAND

CLAUDE PUZIN

Professeur de chaire supérieure

Agrégé de lettres classiques

Suivi éditorial : Luce Camus

Maquette : Tout pour plaire

Réalisation : Graphismes

 ISSN 0750-2516 ISBN 2-218 **73949-6**

Sommaire

TROISIÈME PARTIE

Lectures analytiques

ANNEXES

Les indications de pages renvoient à l'édition GF-Flammarion d'*Atala-René*, 1996, n° 862, et aux quatre tomes de l'édition GF-Grand Format Flammarion des *Mémoires d'outre-tombe* (notés *MOT*). Les chiffres romains I, II, III, IV précédant les numéros de pages renvoient respectivement aux Première, Deuxième, Troisième et Quatrième Parties des *Mémoires*.

FICHE PROFIL

René (1802)

François-René de Chateaubriand (1768-1848)

Roman — XIXe siècle

RÉSUMÉ

Vers 1725, René, jeune Français émigré en Louisiane et adopté par les indiens Natchez, raconte au vieux Sachem Chactas ainsi qu'au Père Souël, un missionnaire, la douloureuse histoire de sa vie, ne serait-ce que pour leur expliquer la mélancolie incurable, redoublée de surcroît par une lettre venue d'Europe, qui ronge son âme. L'adolescent a d'abord vécu des années d'exaltation et de « délire » dans le château paternel, en compagnie d'une sœur un peu plus âgée et tendrement aimée, Amélie. Un inexplicable mal de vivre a ensuite poussé le jeune homme à voyager, à se renfermer, au sein de la grande ville, dans une totale solitude, à se réfugier enfin dans un exil champêtre où son irrémédiable dégoût des choses de ce monde s'est aggravé au point de lui faire envisager le suicide. Amélie revient, alarmée, vivre aux côtés de son frère, puis s'enfuit, résolue à ensevelir ses jours au fond d'un couvent. Lors de la prise de voile, René entend la future religieuse murmurer son terrible secret : la « criminelle passion » éprouvée pour un frère trop aimé. Désespéré, le jeune homme s'embarque pour l'Amérique. La lettre reçue annonçait qu'Amélie était morte d'avoir soigné avec zèle ses compagnes, atteintes d'une maladie contagieuse. Le récit fini, Chactas presse en pleurant son malheureux ami dans ses bras, tandis que le Père Souël exhorte le « jeune présomptueux » à renoncer à sa solitude et à sa tristesse pour se consacrer au service de ses semblables. Les trois hommes périront peu après dans « le massacre des Français et des Natchez à la Louisiane », en 1727.

PERSONNAGES PRINCIPAUX

– **René** : personnage et principal narrateur. Sa vie présente, chez les Natchez, n'est pas plus heureuse que sa vie passée, tant le drame familial, dont il ne peut oublier le souvenir, exacerbe son penchant à la mélancolie. Seule une mort prématurée et tragique vient l'arracher à son enfer intime.

– **Amélie** : contrairement à son frère, la jeune fille parvient à sublimer ses sentiments interdits en renonçant au monde et en se consacrant à Dieu. Sa mort sera celle d'une « sainte ».

– **Chactas** : père adoptif de René, il n'éprouve que compassion et « indulgence aimable » pour les malheurs du jeune homme.

– **Le Père Souël** : d'une « extrême sévérité », l'homme de Dieu fait entendre la voix de la religion et de la morale pour condamner les pensées et le comportement de René.

CLÉS POUR LA LECTURE

1. *Atala* et *René*

René n'est pas un inconnu pour le lecteur au début, abrupt (« En arrivant chez les Natchez... »), du récit qui lui est consacré. C'est aussi un personnage d'*Atala*, de son prologue, et surtout de son épilogue : Chateaubriand présente le second récit comme la suite « naturelle » du premier (Préface de 1805). Il s'agit en outre de deux épisodes des *Natchez*, cette « épopée de l'homme et de la nature ».

2. *René* et *Le Génie du christianisme*

Atala et *René* étaient destinés à illustrer, dans la grande œuvre apologétique, « l'harmonie de la religion chrétienne avec les scènes de la nature et les passions du cœur humain ».

3. *René* et les *Mémoires d'outre-tombe*

Roman du moi, roman autobiographique – à la manière d'*Oberman* (1804) de Senancour, de *Delphine* (1802) et *Corinne* (1807) de Madame de Staël, ou d'*Adolphe* (1816) de Benjamin Constant –, *René* constitue le premier crayon de nombre des pages des *Mémoires*, celles consacrées à Combourg et à l'Amérique.

FICHE PROFIL

Mémoires d'outre-tombe (1848-1850)

Mémoires | XIXe siècle

RÉSUMÉ

Première partie (1768-1800) : la « carrière du voyageur ». D'abord l'évocation – sans doute les pages les plus célèbres de l'œuvre – de l'enfance et de l'adolescence à Saint-Malo et Combourg. Ensuite, le voyage en Amérique (1791-1792). Enfin, l'émigration et la vie de misère en Angleterre (1793-1800). Description aussi de la cour de Louis XVI et de la vie parisienne sous la Révolution, quand il arrive au jeune Chateaubriand de passer par la capitale.

Deuxième partie (1800-1814) : la « carrière du littérateur ». Premiers succès littéraires (*Génie du christianisme*, *Atala*, *René*...). Débuts en politique, avec le poste de secrétaire d'ambassade à Rome. Brutale rupture avec le régime impérial, aussitôt après l'exécution du duc d'Enghien (voir note 00, p. 00). Les morts, entre autres, d'une amie, Pauline de Beaumont, et de Lucile, la sœur bien-aimée. Résumé du grand voyage en Orient (1806-1807).

Troisième partie (1814-1830) : la « carrière de l'homme d'État ». Deux sections : d'abord l'épopée de Napoléon (le Directoire, le Consulat, l'Empire, la chute...), ainsi que le rôle politique du mémorialiste au début de la Restauration et pendant les Cent-Jours (1814-1815). Ensuite, la carrière publique proprement dite de Chateaubriand : son engagement « ultra », ses différends avec le régime restauré des Bourbons, ses postes successifs, d'ambassadeur puis de ministre, jusqu'à la révolution de 1830 et l'adieu à la politique.

Quatrième partie (1830-1848) : « les heures de loisir [d'un] naufragé ». Le dernier combat public, plus chevaleresque que politique, au service de la duchesse de Berry, avec les deux voyages à Prague. Le séjour à Venise : longue et magnifique évocation de la cité des doges. Une série de portraits (figures politiques comme Louis-Philippe, Thiers, Lafayette... et femmes célèbres comme George Sand...). Une conclusion, désabusée, ultime diagnostic sur la France contemporaine et l'avenir d'un monde qui verra l'avènement et le triomphe de la démocratie. Et partout, dans cette dernière partie, les rêves et les songes de René vieillissant, l'écriture désormais quotidienne et menée sans relâche des *Mémoires*.

CLÉS POUR LA LECTURE

1. Autobiographie et/ou mémoires

Les *Mémoires d'outre-tombe* oscillent entre le dessein autobiographique (se faire le biographe de soi-même) et le témoignage historique (peindre son temps) ou, pour mieux dire, parviennent à fusionner les deux genres, en revendiquant une profonde similitude entre l'homme et le siècle. En outre, l'œuvre se veut l'histoire d'elle-même.

2. La mémoire et les mémoires

Mémoire volontaire et mémoire involontaire : le texte se nourrit aussi bien de réminiscences ou retours spontanés du passé que de remémorations conscientes, sans oublier, dans le domaine artistique et littéraire, les éléments inspirés par une influence, une culture, et les souvenirs, plus ou moins contrôlés, d'autres œuvres.

3. Un point nodal

La dernière œuvre se présente comme une *somme* en laquelle convergent toutes les précédentes, non seulement parce qu'elle est l'autobiographie d'un écrivain fécond, mais aussi parce qu'elle accueille nombre de références aux œuvres antérieures, voire de citations ou de réécritures de passages entiers. À cette intertextualité interne vient s'ajouter une intertextualité externe, les *Mémoires d'outre-tombe* entrant dans une longue lignée d'ouvrages autobiogaphiques : les *Confessions* de saint Augustin, les *Essais* de Montaigne (autoportrait plutôt qu'autobiographie), *Les Confessions* de Rousseau, les *Souvenirs d'égotisme* et la *Vie de Henry Brulard* de Stendhal, *Si le grain ne meurt* de Gide, *Enfance* de Nathalie Sarraute, *Les Mots* de Sartre...

Chateaubriand, repères biographiques

LE PARADIS PERDU

Le 4 septembre 1768, sous le règne de Louis XV, naît à Saint-Malo, au plus fort d'une violente tempête, François-René de Chateaubriand : « Il n'y a pas de jour, écrira plus tard l'auteur des *Mémoires d'outre-tombe*, où, rêvant à ce que j'ai été, je ne revoie en pensée le rocher sur lequel je suis né, la chambre où ma mère m'infligea la vie. » (I, p. 29).

La famille, de vieille noblesse ruinée, vient de retrouver son rang et sa dignité aristocratique grâce à la fortune commerciale amassée « aux Îles » par le père et au rachat du château et des terres de Combourg. D'abord livré à lui-même, l'enfant partage ses journées entre de fréquentes rêveries au bord de la mer et des frasques de galopin. Puis, quand, en 1776, la famille s'installe à Combourg, dans ce site grandiose et austère l'adolescent continue à mener une vie fantasque entre un père hautain, une mère pieuse, vouée aux prières et aux soupirs, et Lucile, la sœur bien-aimée. C'est le temps des courses solitaires dans la campagne environnante, des « délires » du cœur et de l'esprit, des voluptueuses étreintes imaginaires, de la fameuse « Sylphide », mais aussi des solides études, entamées et poursuivies à Dol, dans un collège de bons pères.

LE VOYAGE ET L'EXIL

En 1791, à l'âge de vingt-trois ans, après avoir renoncé à l'état ecclésiastique, au métier d'officier de marine et à la carrière de courtisan qu'aurait dû lui faire espérer sa présentation à la cour de Louis XVI, François-René s'embarque à Saint-Malo pour l'Amérique, laissant derrière lui une France déchirée par la Révolution. Un périple de plusieurs mois conduit l'audacieux de Baltimore à Philadelphie, en passant par New York et la vallée de l'Hudson. Si la découverte du Nouveau Monde, déjà gangrené par la modernité, autrement dit l'affairisme et le mercantilisme, met à mal les chimères et les utopies du voyageur, elle n'en fournit pas moins le futur auteur d'*Atala*, des *Natchez* et du *Voyage en Amérique*, en images inoubliables et en somptueux tableaux de la nature et de la vie sauvages.

À peine revenu en France, en 1792, le jeune aristocrate doit émigrer et rejoindre l'armée royaliste des Princes pour une courte et décevante carrière militaire. À partir de 1793 et jusqu'en 1800, ce sera l'exil outre-Manche, à Londres ou dans la campagne anglaise, l'existence misérable d'un paria ne mangeant pas toujours à sa faim et contraint pour subsister de donner des leçons de français. Cette épreuve enfante le premier travail littéraire sérieux, un *Essai sur les révolutions* (publié à Londres en 1799), qui ne cesse d'osciller entre le procès des violences révolutionnaires et la fascination ressentie pour l'irréversible bouleversement de l'Histoire.

ÉCHEC POLITIQUE, GLOIRE LITTÉRAIRE

Désireux de faire sa rentrée politique et littéraire, l'exilé regagne en 1800 son pays natal, pour s'y rallier aussitôt au nouveau régime et plus encore à la personnalité hors du commun de Bonaparte. L'année 1802 voit le prodigieux succès du *Génie du christianisme*, une apologie de la religion abolie, dans le droit fil de la restauration de l'ordre voulue par le Premier Consul. *Atala* et *René*, insérés dans l'œuvre ou publiés à part, suscitent le même engouement. Une brillante carrière politique paraît s'ouvrir devant l'écrivain confirmé, mais le poste de secrétaire de légation à Rome n'apporte qu'ennui et déception, Cependant c'est l'exécution du duc d'Enghien[1] qui

1. Fils du prince de Condé, le duc d'Enghien, soupçonné d'avoir participé au complot fomenté en 1803 par les royalistes contre Bonaparte, fut enlevé et exécuté sommairement dans les fossés de Vincennes en mars 1804.

pousse Chateaubriand à rompre, en donnant sa démission, avec un pouvoir tyrannique et ensanglanté, celui du Premier Empire naissant. La même année, une épouse délaissée, quittée en 1792 presque au lendemain des noces, retrouve sa place auprès d'un mari qui ne pourra jamais lui être fidèle; le couple n'aura pas d'enfants.

À nouveau en marge de la vie publique, le voyageur reprend son bâton, de pèlerin cette fois, pour aller visiter, outre les lieux saints, l'Italie, la Grèce, la Turquie, l'Égypte et l'Espagne. Le retour a lieu en 1807, avec, encore, une ample moisson de documents et d'images. Une épopée chrétienne et romanesque, *Les Martyrs*, est publiée en 1809, pendant que sont rédigées les premières pages des *Mémoires*. En 1811, c'est l'élection à l'Académie française et la publication de l'*Itinéraire de Paris à Jérusalem*, qui entrelace aux descriptions pittoresques des réflexions historiques et des méditations philosophiques sur les civilisations disparues ou le néant des choses humaines.

LA CARRIÈRE POLITIQUE

La première Restauration, avec Louis XVIII, et la seconde, avec Charles X, donnent enfin l'essor à une activité politique réelle, au gré des nominations et des tâches officielles, d'ambassadeur (en Suède, à Londres, à Rome), de ministre plénipotentiaire (à Berlin, au congrès de Vérone), enfin de ministre des Affaires étrangères, étroitement mêlé à la guerre d'Espagne. L'édification de cette carrière politique ne va pas sans heurts ni conflits avec un régime par trop médiocre ou aveugle. Destitué en 1824, Chateaubriand passera dans l'opposition semi-libérale. La carrière[1] ne l'a pas empêché de continuer à travailler à ses *Mémoires*, qu'une série de lectures dans le salon d'une tendre amie, Juliette Récamier, commencera à faire connaître au public à partir de 1834.

1. *La carrière* : au sens politique ou diplomatique du terme.

Définitivement écarté des sphères gouvernementales par la chute des Bourbons en 1830 et le refus opiniâtre de servir Louis-Philippe, Chateaubriand va consacrer les dix-huit années qui lui restent à vivre – outre un combat d'arrière-garde pour soutenir, sur les routes de Prague et de Venise, la duchesse de Berry, autrement dit la cause légitimiste[1] – à la seule littérature. Se réfugiant dans ses souvenirs, s'abandonnant encore et toujours à ses chimères ou à ses songes, sculptant avec soin son « monument », René vieillissant ne cessera plus de rédiger, réviser, corriger la grande œuvre autobiographique. Une courte *Vie de Rancé*[2], publiée en 1844, sonnera le glas des illusions de ce monde.

La mort survient le 4 juillet 1848, à l'heure d'une nouvelle révolution, aube du Second Empire. Des obsèques solennelles se dérouleront à Saint-Malo, et l'inhumation se fera, comme prévu, sur l'îlot du Grand-Bé, face à la mer. Les *Mémoires*, dont la parution en feuilleton dans la presse débutera sur-le-champ, seront alors, bel et bien, d'« outre-tombe ».

---

1. *Cause légitimiste* : partisans de la branche aînée des Bourbons, détrônée en 1830.
2. *Rancé* : religieux du XVIIe siècle, réformateur de l'abbaye de la Trappe.

PREMIÈRE PARTIE

Résumé et repères pour la lecture

RÉSUMÉ ET REPÈRES POUR LA LECTURE DE *RENÉ*

« EN ARRIVANT » [...] « VIEUX AMIS » (pages 167 à 168)

Le secret arraché

RÉSUMÉ

Arrivé chez les Natchez, René, bien que s'étant marié, vit à l'écart, « sauvage parmi les sauvages ». Il ne voit guère que Chactas, son père adoptif, et le Père Souël, un missionnaire de la colonie française. Une indulgence aimable caractérise le premier, une extrême sévérité le second; les deux vieillards se demandent quel malheur a pu amener un Européen noble à s'ensevelir dans les déserts de la Louisiane. Un jour, alors qu'une lettre venue de France ne fait qu'ajouter à la tristesse de René, celui-ci cède enfin aux prières de ses amis et leur ouvre son cœur, pour raconter non les aventures de sa vie, mais « les sentiments secrets de son âme ».

REPÈRES POUR LA LECTURE

Un prologue à suspense

Le comportement anormal du héros, son refus de vivre avec son épouse, son penchant mélancolique (au sens fort du terme) [1], qui l'entraîne au fond des bois, sa volonté inébranlable de ne rien révéler sur son passé, même à ses seuls amis, ne peuvent que susciter l'impatiente curiosité d'un lecteur dont Chactas et le Père Souël sont les doubles, les reflets dans le texte. Quel est donc le « secret » de René?

Le romancier distille ses informations avec la marge nécessaire de rétention : prétextes avancés pour justifier le silence mais demi-

1. *Mélancolie* : étymologiquement, « humeur noire », voire « nausée » existentielle.

aveu : il y a eu un « événement »; lettre mystérieuse : il faudra la fin du récit pour en connaître le contenu; moment crucial, environné de solennité : « il prit donc jour avec eux », « après un moment de silence ». Qu'il s'agisse d'un secret intime ne fait pas de doute : ce ne sera pas un récit d'aventures, mais une confession.

Un tableau exotique

Il s'agit d'une « belle scène ». Les traits de couleur locale campent le pittoresque des lieux et des mœurs : la lune des fleurs, le Sachem, le sassafras au bord du Meschacebé, les Appalaches (étrangeté poétique des mots mêmes). Un motif clé est le mélange, caractéristique du Nouveau Monde, des races, des civilisations : nous est présenté un monde entre deux époques, deux cultures, le passé et le présent, en gestation de quel avenir? Dans son ambivalence, cet entre-deux a une valeur symbolique : promesse de modernité et/ou nostalgie du passé, comme aussi cette aurore qui peut ouvrir sur une nouvelle vie, mais que viendra démentir le dénouement.

Ce prologue est en somme un prélude aux *Mémoires d'outre-tombe*, à leurs thèmes majeurs et à leur écriture : ainsi la phrase consacrée au lever du soleil (« Vers l'orient [...] »), dans l'attention portée aux lignes et aux couleurs, à la perspective, et dans l'ampleur poétique de son rythme, prélude aux paysages de l'œuvre à venir.

« JE NE PUIS » [...] « MON CŒUR ! » (page 168 à 172)

Les débuts dans la vie

RÉSUMÉ

Orphelin de mère, élevé loin du château familial, le jeune René s'abandonne à son caractère inégal, tour à tour impétueux et mélancolique. Quand il revient, chaque automne, dans la demeure paternelle, située « au milieu des forêts, près d'un lac, dans une province reculée », il savoure les douceurs innocentes de la tendre affection qui l'unit à sa sœur Amélie, de leurs promenades et de leurs rêveries communes. Les deux adolescents aiment la poésie, les idées graves et un peu tristes, les charmes de la religion, les sons de la cloche natale... La mort du père avive, dans le cœur de René comme dans celui d'Amélie, la tentation de la vie monastique. La jeune fille ne rêve que d'un cloître, le jeune homme aime à visiter les antiques abbayes et à méditer, au clair de lune, sur les tombes de leurs cimetières solitaires.

REPÈRES POUR LA LECTURE

Une adolescence « romantique »

Ce que René doit avouer à ses deux amis, c'est l'adolescence « d'un jeune homme sans force et sans vertu », puisque tout entière livrée à une « délectable mélancolie[1] », qui n'est pas seulement celle des souvenirs d'enfance. L'image est offerte d'un être à la fois élu et maudit, sorte de paria condamné à la solitude, loin des siens, de ses compagnons de jeux, de la société humaine, vivant de ses chimères, de ses songes tristes et, déjà, de la poésie, autrement dit de l'écriture : « Jeune, je cultivais les Muses ».

Le lyrisme[2] n'est pas des seuls sentiments, mais bien aussi d'une prose musicale qui privilégie le rythme ternaire : « Nous aimions à gravir... à voguer... à parcourir [...] Tantôt nous marchions... tantôt, dans nos jeux innocents... Quelquefois aussi [...] plein de pureté, d'images et d'harmonies... ».

Le couple du frère et de la sœur

Sa sœur unique fait tout le charme de l'adolescence de René, véritable « jumelle », en raison de leur étroite conformité « d'humeur et de goûts ». Les *nous* récurrents, les imparfaits de répétition ne cessent de célébrer cette parfaite union, de dérouler les journées de leur complicité. Mais, comme il s'agit d'un récit rétrospectif, que le drame à venir et la funeste révélation ne peuvent manquer d'orienter, des signes avant-coureurs parsèment ce tableau idyllique : des

1. *Délectable mélancolie* : association de mots significative ; voir note 1, p. 17.
2. Voir p. 69.

expressions quelque peu équivoques : « m'unissait étroitement à ma sœur [...] elle me disait que j'étais le seul lien... »; l'insistance sur les « jeux innocents », la « pureté » du « matin de la vie »; un éclair de lucidité : « Ô illusions de l'enfance »; l'ambiguïté aussi de ces fréquentes « conversations pieuses », où la sœur paraît pousser le frère vers le cloître. Rien d'inquiétant encore, mais une ombre d'ambivalence!

La méditation religieuse

Publiés d'abord dans *Le Génie du christianisme* (1802), *René* et *Atala* entendaient servir de pièces à conviction dans le procès contre l'incrédulité des Lumières et l'apologie de la religion catholique. Autobiographie déguisée, *René* reflétait en outre le retour de Chateaubriand à la foi de son enfance et sa conversion aux alentours de 1800. Cette nouvelle conviction religieuse s'exprime dans ces pages de *René* : le spectacle de la mort, la vue du cadavre paternel rappellent la vanité des choses humaines (« l'éternité et l'oubli le pressent de tout leur poids »), la seule permanence, en Dieu, de l'âme immortelle, la nécessité d'un salut que l'on ne peut guère trouver que dans les « hauts sites » où souffle l'Esprit, dans les saintes « solitudes », dans les « hospices » pour âmes de souffrance et d'élite.

Le credo de René paraît sans failles. Sa conversion, son dégoût du monde, l'amènent certes au pied de la croix, l'éloge du christianisme n'en paraît pas moins relever d'une sensibilité égocentrique. La religion est « délectable » parce qu'associée aux souvenirs de l'enfance, au bonheur familial, à des « rêveries enchantées », davantage suscitées par des jouissances esthétiques (sonneries des cloches, décors agrestes, solitudes poétiques) que par un authentique engagement chrétien.

Voyages, errances et errements

RÉSUMÉ

Renonçant à se retirer du monde, René se résout à voyager, non sans s'étonner de voir sa sœur presque heureuse de le quitter. Il visite d'abord les peuples qui ne sont plus et se plaît à méditer sur les ruines de la Grèce et de Rome, sur la fuite du temps aussi ; il explore ensuite les cités des vivants, recherchant surtout les artistes et les poètes, « ces hommes divins qui chantent les Dieux ». En Italie s'offre au voyageur la foule des chefs-d'œuvre anciens et modernes. Quant aux « monuments de la nature », l'Etna par exemple, tout comme les précédents, ceux de la main des hommes, ils ne parviennent pas à guérir René de son mal de vivre, de ses passions insatisfaites, de son incurable mélancolie. S'interrompant, le narrateur tombe subitement dans une rêverie : le spectacle d'un groupe d'Indiens passant gaiement dans la plaine lui fait envier leur tranquille sagesse et déplorer plus encore sa propre tristesse. Chactas presse « le frère d'Amélie » de reprendre le cours de son récit.

REPÈRES POUR LA LECTURE

La vanité des voyages

Le désir de l'ailleurs conduit les romantiques à privilégier le voyage comme tentative d'échappoire à leur mal-être (voir p. 112-113). La singularité de *René* est de révéler, derrière les séductions de l'exotisme, l'inutilité du voyage et l'impossibilité d'en faire un mode d'apprentissage[1].

Le fil des paragraphes paraît à première vue suivre le cheminement du voyageur, avancer avec lui. Pourtant, à regarder les choses de plus près, on tourne en rond, on revient sans cesse aux

1. Ce qui empêche de considérer *René* comme un roman d'éducation, tel que le concevra plus tard Balzac, par exemple.

ressassements mélancoliques du héros, à son obsession majeure : la fuite du temps, la mort, le néant des choses humaines. René éprouve concrètement ce que Chateaubriand appellera, dans l'*Itinéraire de Paris à Jérusalem* (1811), la « fatalité des ruines » et il ne fait guère qu'errer dans le grand « cimetière » des civilisations. Si le récit de voyage progresse, c'est de l'« ardeur » initiale à la déception, à la « fatigue » finale, au nouvel accès d'humeur noire qui fait s'interrompre le narrateur.

Le leitmotiv obsédant est celui de l'anéantissement, du triomphe mortel du Temps, apparu sous les traits du « Génie des souvenirs ». Figure rhétorique récurrente, l'antithèse ne cesse d'opposer les débris du présent aux fastes du passé : palais ensevelis dans la poudre, mausolées cachés sous les ronces, haute colonne se montrant seule debout dans le désert. Partout la destruction et l'oubli, des monuments et des hommes célèbres : « Que sont devenus[1]... ? ». Partout l'image de la mort : urnes cinéraires, tombeaux, cercueils, poussière, le peu que nous sommes, les mortels...

Le culte de l'art

L'épisode précédent tentait d'exorciser le mal de vivre par la foi et la piété. Celui-ci recourt, plutôt qu'au divertissement[2] du voyage, aux vertus de l'art. Le texte célébre, dans une succession d'exclamations admiratives, les architectures sacrées si propres à faire « toucher aux sens » les beautés de la religion chrétienne, sans pour autant oublier sa mission civilisatrice : la substitution des « anges de paix » aux farouches divinités païennes, de David[3] à Ossian[4]. Telle phrase évoque dans son rythme et ses allitérations ou assonances – « Qu'ils sont beaux ces bruits [...]! » – la musique, autrement dit l'harmonie des basiliques italiennes. L'art est aussi glorifié pour lui-même, sous la forme de la poésie, dans la « bouche d'or » des poètes, « hommes

---

1. « Que sont devenus... ? » : le fameux *Ubi sunt* des *Mémoires* ; voir note 1, p. 97.
2. Divertissement au sens pascalien du terme : l'activité qui fait oublier, qui détourne de.
3. David : roi musicien de la Bible.
4. Voir note 1, p. 111.

divins qui chantent les Dieux ». Cette conception qui remonte à l'Antiquité, comme en témoigne le mythe d'Orphée, correspond à l'image romantique de l'inspiré des dieux, du barde chantre des peuples et des épopées.

On retrouvera dans les *Mémoires* cette tentation de l'art, seul mode d'accès peut-être à l'éternité, à une permanence victorieuse du temps, encore que celui-ci finisse par éroder, détruire, effacer les palais, les mausolées et « le marbre le plus dur » des tombeaux. Les songes de Chateaubriand continueront jusqu'au bout à osciller entre les deux croyances, en l'art et en Dieu.

« LE FRÈRE » [...] « S'ÉCHAPPER » (page 176 à 181)

Le vague des passions

RÉSUMÉ

Calmé par les paroles du vieux Sachem, René reprend « l'histoire de son cœur ». L'étude du monde ne lui ayant rien appris, il rentre en France, pour découvrir un pays où l'esprit a succédé au génie, l'impiété à la religion, la corruption aux graves mœurs. Tout n'y fait qu'augmenter ses tourments : la conduite inexplicable de sa sœur, qui le fuit, la solitude éprouvée au sein de la société nouvelle, l'impossibilité de s'attacher à quelque objet. Le jeune homme prend le parti de vivre seul, ignoré, dans un faubourg de la grande ville. Souvent assis dans une église, il envie les simples fidèles ou demande à Dieu sinon la mort, du moins la grâce. Le soir venu il regarde se coucher le soleil sur cette ville où pas un ami ne l'attend, et les cloches des églises ne lui paraissent plus que des glas. Bientôt lassé de sa solitude citadine, René embrasse avec ardeur le choix d'un exil champêtre, mais celui-ci le plonge « dans un état presque impossible à décrire » : accès de délire, hallucinations amoureuses, occupations puériles, et partout, toujours, « les passions dans le vide d'un cœur solitaire ». L'automne, les mois des tempêtes surexcitent chimères et rêveries jusqu'à une sorte de possession démoniaque et, pour finir, à la tentation du suicide, puisque tout échappe au malheureux : l'amour, l'amitié, le monde, la retraite, et l'affection d'Amélie. La décision prise, reste à tout organiser et à « savourer à longs traits les derniers moments de l'existence ».

REPÈRES POUR LA LECTURE

L'homme et le monde

La séquence s'ordonne en deux mouvements, le premier conduisant au second selon une implacable logique : René, regagnant sa patrie et son monde, la société de ses pairs, ne parvient guère à s'y faire sa place. Fuyant à nouveau, il ne réussit pas davantage à se forger une vie sereine, équilibrée tout au moins, dans la solitude de la campagne; ou, plutôt, le remède s'avère pire que le mal : la rupture conduit René au bord de la folie et du suicide. À cela plusieurs raisons.

La France de la Régence[1], qui préfigure la France d'après la Révolution, est marquée par une dégénérescence, un *changement* historique et social, une crise de conscience, qui met René en porte-à-faux entre deux mondes, qui le transforme en paria *romanesque* (on dira bientôt *romantique*), le condamne à une médiocrité, à une impuissance accablante. Héritier de la vieille France, féodale et pieuse, comme de la nouvelle France, frivole et impie, le jeune homme ne peut ni renoncer au passé, ni assumer le présent (ce sera le motif clé des *Mémoires*, en particulier dans les derniers chapitres). Son « inexplicable cœur », selon l'expression de Chateaubriand, se réfugie dans les chimères d'une imagination exaltée, laquelle va même jusqu'à créer un « fantôme d'amour », en d'autres termes la Sylphide des *Mémoires*.

Autre raison, non moins décisive dans l'économie du récit, celui-ci orienté vers le drame final, hanté par un amour impossible : le mystérieux comportement d'une sœur qui refuse sa présence, accroissant ainsi le sentiment d'exclusion, d'irrémédiable solitude.

1. Celle de Philippe d'Orléans, qui ouvre le siècle des Lumières, l'âge d'une contestation de plus en plus répandue des valeurs du règne précédent.

Le mal du siècle[1]

Voici donc les pages les plus célèbres de *René*, l'esquisse des chapitres consacrés dans les *Mémoires* à l'adolescent de Combourg[2]. Ce qu'il y a de plus « répandu chez les hommes modernes », c'est, selon Chateaubriand, le vague des sentiments.

Ce vague-là n'est pas sans charmes, puisque « les sentiments les plus merveilleux sont ceux qui vous agitent un peu confusément » (*Génie du christianisme*). Le mal en question a beau conduire jusqu'à l'acte insensé du suicide, il n'en dicte pas moins à l'écrivain un véritable poème en prose, que le siècle puis la postérité liront comme le texte fondateur du romantisme : primauté de l'imagination, que l'insatisfaction du présent laisse vagabonder sans contraintes dans le royaume enchanté des « songes » ou des « chimères », pour peu qu'on y devienne autre que soi-même, illustre guerrier ou humble pâtre, qu'on se perde dans les ravissements d'une sorte de panthéisme, d'une communion avec la nature, d'un amour idéal (de roman ou de poème), ou encore d'une délectation morbide, fascinée par l'anéantissement et la mort. Il s'agit, dans tous les cas, d'être *ravi*, autrement dit emporté ailleurs, transporté dans l'inconnu, quel qu'il soit[3], ce que métaphorise le vol des oiseaux migrateurs.

Mais, au bout du voyage imaginaire, on ne trouve, on ne retrouve que l'ennui[4], le « dégoût de la vie » qu'avive l'échec sempiternel. Le héros nouveau est un héros déchiré, oscillant entre exaltation et tristesse, espérance et désespérance, « enchanté » et « tourmenté ». Le mouvement de balancier du texte reflète ce déchirement : de l'élégie plaintive à l'énergie tour à tour épique et érotique, des élévations poétiques aux retombées prosaïques.

---

1. Voir problématique 1, p. 65, et lecture analytique 1, p. 116.
2. Voir p. 42-48.
3. « Plonger au fond du gouffre, Enfer ou Ciel, qu'importe? Au fond de l'inconnu pour trouver du nouveau! » (Baudelaire, *Les Fleurs du mal*, « Le Voyage », VIII).
4. À la fin de *René*, le Père Souël proposera de remplir ou d'exorciser ce vide par la morale chrétienne.

La lettre d'Amélie

RÉSUMÉ

Alarmée par une lettre de René, Amélie accourt, sans prévenir, se jeter dans les bras de son frère et lui fait jurer de renoncer à ses folies, de ne jamais attenter à ses jours. Tout un mois le couple fraternel, reconstitué, vit dans une « sorte d'extase de cœur », dans « l'enchantement d'être ensemble ». Mais la jeune fille semble perdre le repos et la santé, elle se laisse aller à un inexplicable comportement, qu'aggrave une correspondance énigmatique.

Un matin, René trouve vide la chambre d'Amélie et, posée sur la cheminée, une lettre à son adresse. Les mots à demi effacés par les larmes disent la volonté de prendre le voile, le regret de quitter un frère bien-aimé, la nécessité pour ce dernier de prendre un état[1], de se marier, de connaître l'amour d'une épouse et d'avoir des enfants. Lisant et relisant cette lettre, René se perd en plaintes et en conjectures : quel secret Amélie lui cache-t-elle? Pourquoi cette décision subite d'embrasser la vie religieuse? Est-ce à cause d'une passion malheureuse, inavouable? Le jeune homme écrit en vain pour savoir la vérité; sa sœur lui mande, pour toute réponse, qu'elle est sur le point de prendre le voile.

REPÈRES POUR LA LECTURE

L'harmonie retrouvée

On se souvient des « délices », pour le frère et la sœur, d'une enfance solitaire et poétique, passée à... deux. Voici que se reforme le couple fraternel, qu'est retrouvé le temps perdu. Deux êtres se comprennent sans avoir besoin des mots, « accoutumés à lire dans les replis de [leurs] âmes ». Les retrouvailles sont célébrées avec un lyrisme exalté, dans un langage qui pourrait être celui de l'amour tout

1. Autrement dit de choisir une carrière qui l'installe dans la société.

court, et pas seulement fraternel : « transports... extases de cœur... se jetant dans mes bras... ».

Le récit paraît tiraillé entre un champ lexical prompt à idéaliser, à sublimer : « divin... grâces innocentes... douceur... suave... rêveur », et des termes concrets évoquant des jouissances sensuelles : « baisers... la voix... son corps ». Et l'on ne sait plus très bien si l'ambivalence est à mettre au compte d'un être double, ambigu, à la fois sœur et mère, femme et ange[1], ou à celui d'un frère que la solitude, des désirs exacerbés livrent au charme d'une présence féminine si ressemblante au « fantôme imaginaire » des songes érotiques.

Quant aux réactions paroxystiques d'un René de nouveau abandonné, elles ressemblent singulièrement aux plaintes, aux fureurs d'un amant trahi (« la foudre qui fût tombée à mes pieds »), sans omettre les reproches usuels dans la tragédie classique[2] (« Ingrate Amélie »), ou l'ombre de la jalousie (« je m'imaginai »), ou encore les oscillations du cœur blessé, partagé entre la colère et la tendresse, la révolte et la pitié. Le seul moment de bonheur est miné par cette ambiguïté sentimentale, par le fait aussi que René le vit comme négatif, puisque Amélie y perd le repos et la santé, par un secret enfin, farouchement préservé par l'une, avidement cherché par l'autre.

Une lettre ambiguë

Comme dans la tragédie classique, le coup de théâtre a eu ses signes annonciateurs : les soupirs et les pleurs d'Amélie, le regard ou le jugement rétrospectif du narrateur omniscient, faisant intervenir son savoir dans le récit : « Le moment était venu [...] Que vais-je vous révéler, ô mes amis ». Une longue lettre[3], citée *in extenso*, apprise sans aucun doute par cœur ou toujours conservée sur soi, entend

1. Image romantique de la femme, déjà baudelairienne.
2. La page 186 constitue une sorte de tirade amoureuse en prose, une tirade à oscillations psychologiques.
3. Il y a dans *René* une ébauche de roman par lettres, celles-ci constituant des événements moteurs du récit.

consommer la séparation entre le frère et la sœur, en des termes qui ne peuvent qu'accroître le mystère, épaissir le secret, car cette lettre est à la fois positive et négative, exhortation et plainte, sincérité et dissimulation. Elle définit un univers normal où René comme Amélie doivent trouver leur place : religion, travail, famille, société : la sœur aura la vocation religieuse, le frère l'intégration sociale. Voilà pour la positivité.

Voici pour la négativité : d'abord cet idéal n'est réalisable qu'à partir du moment où le couple fraternel est dissocié, où Amélie s'en exclut ou en est exclue. Ensuite, ce renoncement au monde semble plus une fuite, une fatalité, qu'un choix libre, une promesse de bonheur : « il fallait partir... les avertissements du ciel... Dieu m'en punit... la nécessité de ces asiles... pauvres infortunées... je dois dormir seule sous les marbres glacés de ce sanctuaire où reposent pour jamais ces filles qui n'ont point aimé ». Enfin, la volonté de rupture, l'effet de la lettre paraissent d'autant plus cruels qu'Amélie se refuse et s'offre, rappelle la tendresse commune, la revendique encore, jusqu'à la souhaiter éternelle.

René parlera du « ton passionné qui respirait » dans cette lettre, d'une amoureuse autant que d'une sœur. Une lecture psychanalytique ne manquerait pas de souligner le passage sur le mariage du héros, sorte de déclaration indirecte : « Et quelle est la femme [...]? » et de substitution, inconsciente, de la sœur à l'épouse : « tu croirais retrouver une sœur ».

« EN ARRIVANT » [...] « MISÈRE ! » (pages 188 à 192)

La prise de voile

RÉSUMÉ

René « se traîne » au monastère pour la prise de voile. À voir entrer Amélie, parée comme une mariée et belle comme une sainte, il sent s'évanouir sa fureur et ses projets de violence. Le cérémonial se déroule : on place René à côté de la future religieuse, celle-ci revêtue de la robe monacale et allongée sous un drap mortuaire. Commence l'Office des morts. Tout près de sa sœur, René l'entend murmurer une prière : que Dieu la fasse mourir et comble de ses biens « un frère qui n'a point partagé [sa] criminelle passion ! »

Transporté d'horreur et de pitié, le jeune homme étreint Amélie en hurlant son désespoir. La cérémonie est interrompue, on emporte René évanoui hors de l'église. Quand il revient à lui, tout est achevé, il n'a plus qu'à pleurer sur son malheur et celui de la nouvelle religieuse, non sans éprouver une joie terrible, puisqu'un véritable chagrin occupe désormais tous ses moments.

REPÈRES POUR LA LECTURE

Grandeur de la religion et misère de l'homme

Le texte dit avec non moins d'ostentation que le cérémonial, le brusque passage de la vie terrestre à l'au-delà, que constitue toute entrée en religion. Il file la métaphore : « lugubre appareil... voile sépulcral... couche funèbre... cercueil... linceul de la mort ». Il orchestre de solennelles périphrases : « les glaces du trépas et les profondeurs de l'éternité ». Il recourt à des invocations (« Ô joies de la religion... ») dignes d'un Bossuet, en puisant dans le langage théologique ou biblique avec cette « poussière du monde » qui renvoie au *memento mori*[1], en canonisant d'emblée celle dont le visage a « quelque chose de si divin » et que l'on voit, au seuil même de la pénitence, auréolée de « la glorieuse douleur de la sainte ». Comme dans un tableau de l'âge baroque, la terre tout à coup communique avec le ciel pour une assomption de l'âme élue, avec « colombe mystique » (le Saint-Esprit), anges, couronnes et parfums. La phrase, soutenue dans son ample envolée par les parallélismes, les rythmes ternaires ou binaires, a des accents d'orgue.

Cette page de *René* peut passer pour une illustration de ces « grandeurs de la religion » qu'entendait exalter le *Génie du christianisme*. Cette même religion parvient-elle pour autant à devenir la « seule ressource dans les grands malheurs de la vie » (*Défense du*

---

1. *Memento mori* : « Souviens-toi que tu es mortel ».

Génie)? Derrière le théâtre sacré souffrent et pleurent des acteurs rendus à leur vérité, à leur « misère » (au sens pascalien).

Un amour criminel

Un autre drame se joue, sorte de tragédie moderne que la Préface de 1805 n'hésite pas à rapprocher de la *Phèdre* racinienne. Même motif clé chez le romancier et chez le dramaturge : celui de l'amour interdit, coupable parce qu'incestueux. Non qu'Amélie soit « criminelle » de fait, elle ne l'est que d'intention ou plutôt en pensée, et cela suffit pour une âme aussi scrupuleuse que celle de l'une ou l'autre héroïne.

La profession de foi de la jeune fille est le moment culminant de sa passion, dans le sens christique autant que mondain, et le récit ménage tous les effets d'une intrigue tragique : un comportement étrange, de « froide fermeté » et d'appel à l'affection fraternelle; une sainteté pétrie de « douleur » (pourquoi? laquelle au juste?); une mystérieuse faiblesse (« prête à défaillir »); des regards de reproche et – encore – de douleur; une âme qui ne paraît pas être, quoiqu'on nous le dise, déjà « dans le ciel »; enfin, l'aveu, les « mots échappés au cercueil » et cette « fièvre ardente », qui n'est pas d'un être apaisé, réconcilié avec lui-même.

Certes, Amélie sera sauvée, elle mourra « heureuse et guérie » à ce que prétend la Préface, mais certaines expressions semblent bien ambiguës : ce « sacrifice consommé », sur quoi débouche-t-il sinon sur la crainte de parler à son frère, sur le refus de le revoir (courage ou faiblesse?), sur ce « repos » surtout qui ne peut pas ne pas faire penser au dénouement incertain de *La Princesse de Clèves* : valeur positive (absence de trouble, tranquillité) ou signe négatif? équilibre ou léthargie, bonheur ou frustration, accomplissement ou mutilation de soi[1] ?

---

1. On songera à la peinture des couvents que Musset brosse dans *On ne badine pas avec l'amour*.

L'ultime séparation

RÉSUMÉ

Au comble du désespoir[1], René décide de quitter l'Europe et de passer en Amérique. Durant le temps nécessaire pour mettre en ordre ses affaires, il prend chaque jour des nouvelles d'Amélie que Dieu n'a pas encore voulu rappeler à lui, bien qu'elle ait été « aux portes de la mort ». Le frère infortuné se plaît à errer autour du monastère, à épier une religieuse assise, pensive, derrière les barreaux d'une fenêtre et contemplant, comme lui, le clair de lune sur la mer toute proche, à écouter aussi la cloche appelant les nonnes aux veilles et aux prières, à répandre enfin ses larmes sur les rochers et parmi les vents. Une dernière lettre d'Amélie exprime le bonheur d'avoir trouvé un asile contre les orages de la vie, de ne plus être qu'une chaste flamme montant vers Dieu. La nuit précédant son départ, René assiste à un dramatique naufrage causé par une violente tempête, mais moins terrible que celui des cœurs. Au matin, le jeune homme quitte pour jamais sa terre natale, en regardant s'éloigner à l'horizon les murs et les toits du couvent.

REPÈRES POUR LA LECTURE

Un drame métaphorique

Une métaphore est comme filée tout au long de ces pages, celle de la tempête en mer. La lettre d'Amélie tourne tout entière autour de l'antithèse, dramatique, entre les orages et l'abri contre cette tempête, le calme et le repos. Une « marine » romantique campe un naufrage dans une mer démontée et réitère l'opposition entre les éléments déchaînés et l'asile du monastère : aux « vagues étincelantes » répondent « les murs sombres [qui] se perdent confusément dans les cieux »; aux « fanaux agités des vaisseaux »,

1. Pour la page consacrée au désespoir de René, voir Lecture analytique 2, p. 122.

le phare immobile du couvent ; au navigateur incertain, la « vestale » assurée de son destin.

Que *René* soit une sorte de poème en prose, ces pages suffisent à le prouver, avec le tissu serré de leurs échos, de leurs accords langagiers : « bruit des vagues… faible bruissement des flots… bruits de la terre, bruits des vents… rugissement des flots », outre la constante métaphorisation du drame. Ces tempêtes, ces naufrages, ces orages renvoient de fait aux conflits de deux âmes aussi « orageuses » que l'océan, à un « naufrage plus affreux que celui du marinier ».

L'antithèse tragique

Si le texte associe étroitement, par le biais de l'image de la tempête, l'un à l'autre le frère et la sœur, c'est pour mieux souligner une séparation qui est autant des âmes, des destinées, que des corps. Amélie et René doivent continuer à vivre, mais leurs lots respectifs ne sont pas les mêmes : à la première la stabilité pieuse, au second l'errance malheureuse. Là est l'opposition tragique constitutive du récit, la véritable antithèse commandant la rhétorique dramatique : René est condamné aux allers et retours quotidiens, de chez lui au couvent, du couvent à chez lui, à une déambulation circulaire autour du lieu qui agit tel un aimant, à une agitation quasi frénétique (« je courais au monastère… je vole sur le rivage »), à un guet de réprouvé (« J'apercevais souvent… Plusieurs fois, à la clarté de la lune, j'ai revu... »), à un départ enfin qui n'est, encore et toujours, qu'une fuite et un exil. Jamais acteur, mais seulement spectateur ou auditeur, René reste à l'écart, exclu, soit qu'il écoute « seul au pied des murs », de loin, les bruits et les cantiques monastiques, soit qu'il s'asseye sur un rocher pour écouter et contempler la « nuit terrible ».

Amélie, en revanche, jouit d'une fixité, d'une clôture dispensatrices de paix ou de sérénité. Elle est sans aucun doute cette religieuse assise derrière sa fenêtre grillagée, cette « colombe du ciel » opposée à l'oiseau de mer battant des ailes dans la tempête. À la nonne cloîtrée sont réservés le « baume » de la régularité conventuelle, le « bonheur » de l'abri sacré, le « calme » et le repos à l'ombre de la croix. Le frère et la sœur fuient tous deux le monde, mais si la seconde parvient à s'échapper vers le haut, vers le ciel, le premier reste prisonnier de la vallée des larmes[1], incapable, malgré son vibrant éloge de la conversion et de la vie monastique, de choisir la paix des cloîtres.

L'ironie et l'ambiguïté tragiques tiennent à la « conformité d'humeur et de goûts » entre le frère et la sœur, à cette commune exaltation dont la devise pourrait être : on jouit de ce qui n'est pas commun. À toucher le fond de l'abîme, René éprouve un chagrin « extraordinaire », l'horrible joie d'un désespéré satisfait d'une malédiction ayant tout l'air d'une élection. Quant à Amélie, sa lettre exprime les mêmes sentiments : « L'excès même du sacrifice [...] sert à me rendre quelque paix. » La sublimation mystique de l'amour n'y est pas dénuée d'accents équivoques, cette « âme sensible » substituant « une sorte de chasteté brûlante, où l'amante et la vierge sont unies », aux « violentes amours » du passé. La clôture semble ne pas avoir encore effacé le « reste de trouble et de volupté d'un cœur qui cherche à se reposer » et, sur la « sainte montagne », Amélie continue à percevoir les « derniers bruits de la terre ».

« COMME » [...] « COUCHANT » (pages 194 à 197)

Épilogue

RÉSUMÉ

Étouffant ses sanglots, René montre à Chactas et au Père Souël la lettre venue d'Europe, qui a tant accru sa tristesse ordinaire : Amélie est morte comme une sainte, en soignant ses compagnes atteintes d'une maladie contagieuse. Le vieux Sachem ne peut que pleurer avec son fils adoptif ; le Père Souël, en revanche, adresse une sévère admonestation au jeune présompteux « entêté de

1. Pour reprendre l'expression biblique.

chimères » : que René cesse de se repaître de ses vaines passions, de haïr les hommes et la vie! Qu'il expie sa faute, à l'image de sa malheureuse sœur, en consacrant ses forces au service de ses semblables, au lieu de s'enfermer dans une orgueilleuse solitude, s'il ne veut pas subir le châtiment du Ciel! Chactas ne pense pas autrement et le dit avec un sourire plein de douceur : il faut accepter de vivre comme les autres, avec humilité, pour connaître la paix. Les trois amis reprennent la route de leurs cabanes. René retournera chez son épouse, mais sans y trouver le bonheur. Il périra peu de temps après, avec Chactas et le Père Souël, dans un massacre de Français et de Natchez.

REPÈRES POUR LA LECTURE

Le discours du prêtre

Une sorte d'épilogue entend tirer la leçon de l'histoire, proposer une morale du drame. « Sœur Amélie de la Miséricorde » est sauvée, promise même à la sainteté; elle « a expié sa faute » par son entrée en religion, par ses prières et ses mortifications, son « zèle[1] » et sa « charité » surtout, authentiques, puisqu'elle les a assumés au risque de sa vie. Elle est parvenue en tout cas à trouver ici-bas la paix de l'âme.

Il en va tout autrement pour René, dont le Père Souël s'emploie à condamner les choix et le comportement. Annoncé par un « air austère », le sermon, prononcé d'une seule traite, fait entendre la voix de l'Église, rappelle avec force les devoirs et les prescriptions du christianisme, le nécessaire oubli de soi-même ou plutôt cet esprit de charité, autrement dit l'amour des autres, auquel sont contraires les délectations moroses du héros. Le chrétien doit s'engager au service de ses frères, assumer son rôle au sein de la communauté humaine, au lieu de se soustraire aux « charges de la société » par un égoïste retrait. Discours sans appel, sans nuances, assénant les vérités chrétiennes en phrases ou propositions lapidaires, que juxtapose

1. Terme religieux : dévotion ardente et, par suite, dévouement, activité dévouée.

une accumulation péremptoire, que ponctuent des formules martelées : « Rien... rien ne mérite... On n'est point... on ne hait... Toute la pureté... toute la religion », et des tours hyperboliques : « purs néants... à peine tolérable... une épouvantable justice... un châtiment effroyable ». L'image, donnée par ce discours, du frère d'Amélie n'est pas sans rapport avec un romantisme noir qui place la grandeur humaine dans une orgueilleuse solitude, dans la révolte contre les lois divines. La phrase ultime statufie René pour la postérité, en rêveur impénitent, en songeur romantique, toujours occupé de sa mélancolie et de ses chimères.

Un dénouement ambigu

Chactas est le pendant antagoniste du Père Souël. Sa réaction, à lui, est de compassion, de compréhension, du refus aussi de toute condamnation. René et le vieux Sachem incarnent les droits, les valeurs de la sensibilité romantique, si complaisante pour elle-même. Et cette sensibilité n'hésite pas à se parer des beautés de la poésie dans les deux comparaisons dont use Chactas.

Mais il y a plus grave. Comme tendrait à le prouver le *silence* de René, la leçon morale, le retour du héros à la vie, à l'intégration sociale – que lui avait déjà recommandée sa sœur – n'apportent nul bonheur, nulle amélioration, ce dont témoigne l'image finale. Il faut recourir à la mort pour dénouer le fil de la tragédie, apporter une solution, brutale, au drame intime. Ainsi, tout est double dans ce texte, que les générations à venir s'empresseront de lire plutôt avec les yeux de Chactas et de René qu'avec ceux du Père Souël.

RÉSUMÉ ET REPÈRES POUR LA LECTURE DES *MÉMOIRES D'OUTRE-TOMBE*

PREMIÈRE PARTIE, LIVRE I, 1 (pages 13 à 15)

Prélude : le jardinier et le temps

RÉSUMÉ

Daté de « La Vallée-aux-Loups », près d'Aulnay, ce « 4 octobre 1811 », ce prologue évoque la maison champêtre achetée par Chateaubriand avec le produit de ses œuvres, dont certaines, comme *Les Martyrs*, ont été écrites en ce même lieu. Le propriétaire n'a plus pour seule ambition que d'agrandir son petit royaume, son jardin surtout, où il a planté et soigné de ses propres mains diverses espèces d'arbres, ses « enfants », lesquels lui rappellent ses voyages, les climats traversés, et, plus tard, protégeront ses « vieux ans ». Et voici qu'en ce jour d'octobre, l'écrivain, condamné à l'oisiveté par la « tyrannie » de Napoléon, décide de « commencer l'histoire de [sa] vie », de « remonter le penchant de [ses] belles années », pour occuper les soirées de l'automne.

REPÈRES POUR LA LECTURE

Le projet autobiographique

En 1811 Chateaubriand a quarante-sept ans et, déjà, le sentiment d'une vie bien remplie derrière lui. Pour la première fois dans l'*Itinéraire*, qu'il vient d'achever, sont apparus des souvenirs de son enfance, retranscrits sans affabulation romanesque. Ce qui remonte à la surface, c'est le projet des *Mémoires*, plus ou moins mis de côté depuis 1803. Pourquoi en ce lieu et à ce moment-là ? La solitude, le loisir forcé, le repli sur soi puisque l'écrivain, opprimé par le régime impérial, se retrouve en marge de l'Histoire, simple spectateur de l'épopée napoléonienne, ne peuvent qu'être propices à l'écriture, à l'examen de conscience, au bilan des années passées, toutes choses contenues dans l'image de la « chartreuse ». Va dans le même sens la référence à Voltaire, à l'« étroit espace propre à renfermer [de] longues espérances » – et on sait le parti tiré par l'auteur de *Candide* de sa retraite loin des villes : « Il faut cultiver notre jardin. » En outre, ce prologue prélude aux motifs clés des *Mémoires* : le temps qui passe, au fil des anniversaires ; le vieillissement qui conduit à la mort, et dont l'automne est comme la métaphore ; la seule survie possible, celle de l'œuvre, « temple de la mort élevé à la clarté de mes souvenirs », solennelle formule qui a valeur de pacte avec soi-même et avec le lecteur.

Si le projet qui pour lors prédomine est l'écriture intimiste, l'autobiographie plutôt que des mémoires historiques, c'est que, rendu à lui-même, Chateaubriand veut aller à l'essentiel, à son véritable moi, celui de ses « illusions », de ses « rêves », de ses « chimères », de la plupart des sentiments « demeurés ensevelis au fond de [son] âme ». Le prologue des *Mémoires de ma vie*, premier jet de l'œuvre, ne donnait-il pas comme motivations fondamentales : « expliquer [son] inexplicable cœur », écrire pour se connaître mieux, et « laisser un monument par lequel on puisse le juger », s'abandonner aussi au charme des souvenirs, de l'enfance d'abord et surtout (sur laquelle débouche ce prologue) ?

Des arbres symboliques

On connaît le goût de Chateaubriand – préférences personnelles et héritage rousseauiste – pour la nature et les sciences naturelles, la botanique en particulier. Il n'est donc pas étonnant de retrouver l'homme oisif en jardinier, tout occupé à planter, à soigner lui-même ses arbres. Au vrai, ce motif, récurrent dans l'œuvre, a valeur de symbole. On trouvera la suite de ces pages dans le « prologue intérieur » du livre troisième (p. 124), où les arbres d'Aulnay sont devenus de « beaux adolescents », explicitement associés aux rêveries de l'auteur, à tous ses « fantômes d'amour », héroïnes de ses romans, véritables « hamadryades[1] », inspiratrices d'élégies, odes et sonnets. Quand, dans la Quatrième Partie (p. 163), les songes amoureux ne seront plus de mise, d'autres arbres, plantés dans le dernier jardin, à l'infirmerie de la rue Denfert, n'auront plus rien à dire à un vieillard au bord de sa tombe.

Ceux de la Vallée-aux-Loups, au contraire, renferment encore, « chiffres mystérieux », le sens d'une vie, son « mystère » (p. 163). Ils disent l'ancrage, pour le « chevalier errant », ballotté par ses pérégrinations et les tribulations de l'Histoire, dans le monde de l'enfance et de l'adolescence. Personnifiés, les arbres plantés remplacent la famille décimée par la tourmente révolutionnaire, les enfants que le mariage n'a pas apportés à Chateaubriand. Ils ressuscitent les « champs paternels ». Le parallèle, pour être implicite, n'en est pas moins frappant, qui s'établit entre le père fondateur de la lignée aristocratique et le fils, adulte, nouveau *pater familias*, recréant dans son séjour rustique un décor, une société disparue où les pères et les enfants vivaient, mouraient ensemble, les premiers protégeant la jeunesse des seconds, les seconds les « vieux ans » des premiers.

Le chapitre 2, qui suit le prologue, sera consacré à l'arbre... généalogique des Chateaubriand. De plus, renouant – ne serait-ce que dans l'ordre symbolique – avec les bois de Combourg, les arbres d'Aulnay signifient une certaine permanence du moi, laquelle ne cessera de se révéler à la faveur des séries analogiques de l'œuvre : « le petit désert [*au sens classique de lieu solitaire*] d'Aulnay » rappelle le désert d'*Atala*, ses différentes espèces d'arbres les voyages en Amérique et en Orient. Faut-il voir, enfin, dans la croissance des mêmes arbres, dans leurs floraisons et leurs ramifications, dans leur durée, qui excédera celle de l'homme qui les a plantés, une métaphore des *Mémoires*, aussi multiformes, efflorescentes que promises à cette pérennité qu'assure la postérité ?

1. *Hamadryades* : nymphes des bois vivant au creux des arbres.

Tableau de famille

RÉSUMÉ

Ce chapitre (l'un des plus connus des *Mémoires*) ressuscite les « journées et soirées » à Combourg. Un « calme morne » règne dans le sombre château. Les visites sont rares, la vie, presque monacale, digne de cette Chartreuse de Grenoble que l'auteur visitera, désertée, en 1805. L'orgueilleuse misanthropie du père a dispersé les logements des siens (quatre maîtres, cinq serviteurs) aux quatre coins du vaste édifice. La cloche ou l'horloge du château rythment le déroulement immuable des heures et des occupations : le dîner (autrement dit le déjeuner) dans la grande salle, les prières pour la mère, retirée dans son oratoire, la pêche, la chasse ou ses recherches généalogiques pour le père, les rêveries et les courses à travers champs pour l'adolescent livré à lui-même. Et, surtout, les monotones soirées d'automne et d'hiver, après le souper : la mère et les deux enfants groupés, silencieux, dans un coin de la salle, qu'arpente sans s'arrêter Monsieur de Chateaubriand, grande figure fantomatique dans une robe d'intérieur toute blanche, avant de quitter la pièce à dix heures précises; enfin, sitôt le père parti, le débordement de paroles du trio resté sur place.

REPÈRES POUR LA LECTURE

L'ancien temps

« Du temps présent au temps que je vais peindre, vient de dire Chateaubriand à la fin du chapitre précédent, il y a des siècles. » La vie à Combourg, les mœurs des Chateaubriand relèvent en effet de la société d'Ancien Régime, voire de l'antique féodalité. Le château est une vaste bâtisse moyenâgeuse, avec « tours... tourelles... voûtes... caveaux voûtés... créneaux ». Quelques mots suffisent à restituer un décor comme fossilisé : « manoir... grand'salle... appartement parqueté... cabinet... oratoire ».

La comparaison des lieux avec la Chartreuse de Grenoble

désertée par les cénobites[1] fait même planer l'ombre de la mort sur ce monde voué à une proche disparition. Combien paraissent dérisoires les efforts de Monsieur de Chateaubriand père pour « faire revivre » les us et coutumes d'autrefois (p. 70), maintenir les vieilles hiérarchies (« placés dans le banc du seigneur »), les politesses cérémonieuses, l'hospitalité des gentilshommes. On sait le malaise de cette génération entre deux siècles à laquelle appartient le fils : la nostalgie se teinte ici d'humour, dans l'emploi de mots archaïques, ceux du genre troubadour[2] (« écuyers, varlets, destriers »), dans tel mot à double entente (les domestiques, sortes de morts vivants, « gisaient dans des caveaux ») ou telle métaphore burlesque (cette cuisinière qui « tenait garnison »), dans tel effet de disparate (la comparaison avec le train superbe de l'abbé de Marolles), soulignant le fossé entre les prétentions passéistes et la médiocrité de la vie provinciale dans un trou perdu.

Le quatuor familial

Que se passait-il quand on en était réduit au tête-à-tête familial par l'isolement ou la mauvaise saison? La mère lutte contre la tristesse de Combourg en se réfugiant dans ses prières et ses soupirs, Lucile en s'enfermant dans sa chambre, et le jeune Chateaubriand, livré à lui-même, n'a d'autre ressource qu'un curieux régime de léthargie, d'ennui (« je ne faisais rien »), de solitude monacale (« je regagnais ma cellule »), de vagabondage ou de frénésie (« j'allais courir les champs »), sans parler des songes ou chimères, bientôt évoqués (p. 127), des « deux années de délire ». Si l'on brossait un tableau de famille, il faudrait grouper dans un coin, en retrait, serrés les uns contre les autres, la mère et les deux enfants (presque toujours présentés en bloc), séparés par leurs goûts et leurs occupations du chef de famille : celui-ci tire au fusil les chouettes, ceux-là contemplent le soleil couchant ou les premières étoiles. Au centre du huis clos familial, la singulière figure du maître des lieux.

---

1. *Cénobite* : religieux qui vit en communauté.
2. Genre littéraire, style artistique pseudo-médiéval ou gothique.

Une présence-absence : Monsieur de Chateaubriand ne vit plus que dans le passé, ses recherches généalogiques et ses mœurs antiques de gentilhomme campagnard faisant ses Pâques une fois l'an, se divertissant à la chasse, à la pêche, se promenant « dans l'étendue du vol du chapon[1] ». Un tyran domestique à l'ancienne mode. Ou plutôt le mauvais génie de Combourg, augmentant par son « humeur taciturne et insociable », qui lui a fait disperser sa famille et ses gens « à toutes les aires de l'édifice », la tristesse et la solitude inhérentes à la demeure. Une mécanique faite homme, plutôt qu'un être vivant, un Louis XIV de province. La vie à Combourg se déroule avec une implacable monotonie, au fil d'une règle inflexible, rythmée par une cloche monastique.

Le principe de construction du chapitre est le défilé chronologique des heures, des jours, des saisons, des petites cérémonies quotidiennes : « les jours ouvrables... le dimanche... à quatre heures du matin... à onze heures et demie... le dîner », etc., avec le lever du père qui donne le branle aux activités de la journée. Les phrases, courtes souvent, juxtaposées, sur le même patron syntaxique (sujet, verbe...), tel ou tel balancement de métronome (« si l'été... si l'automne et l'hiver... après le souper... le souper fini »), la litanie des imparfaits (de répétition) aggravent l'impression de vie machinale, sans âme ni chaleur, aux antipodes des mœurs aimables et fantaisistes de l'oncle de Bedée ou de sa famille (p. 38).

Une apparition fantastique

Un morceau d'anthologie est l'évocation des soirées d'automne et d'hiver dans la grande salle de Combourg. Le décor pourrait être d'une scène ou d'un tableau de genre, ou encore d'une « vignette des manuscrits du Moyen Âge » (p. 106) : la grande salle, « l'énorme cheminée », les « vieux portraits », les flammes du feu et d'une bougie (effet dramatique de clair-obscur). La page, en outre, ne serait pas indigne d'un récit fantastique ou d'un roman noir : atmosphère

1. Terme du droit coutumier désignant une certaine étendue de terrain autour d'un manoir.

de terreur, silence lugubre : « nous échangions quelques mots à voix basse... nous nous taisions » ; « soupirs » de la mère, « murmures du vent ». Le plus saisissant tient à la métamorphose du chef de famille en « spectre », ce que facilitent le physique même (p. 26) de Monsieur de Chateaubriand (tête demi-chauve, figure longue et pâle, joue sèche et creuse), son étrange accoutrement où domine le blanc, ses apparitions-disparitions, au gré d'une promenade mécanique qui le plonge tour à tour dans l'obscurité et la lumière, jusqu'à son départ, lequel ressemble à quelque effacement surnaturel, à quelque ensevelissement mortuaire : « [il] continuait sa route et se retirait au fond de la tour ». Ou bien la phrase, fascinée, suit la promenade fantomatique, s'étire en deux mouvements symétriques : « Lorsqu'en se promenant... puis il revenait », correspondant à l'apparition puis à la disparition progressive du spectre ; ou bien elle accumule les verbes d'action, juxtaposés, avec la régularité des gestes de l'automate : « Il tirait sa montre, la montait... ».

Il s'agit de dire l'oppressante pesanteur d'un lien familial tout entier de froideur et de contrainte, un despotisme paternel et conjugal qui pétrifie l'entourage : « talisman... statues... désenchantement » (ce dernier terme à prendre dans son sens étymologique), de montrer surtout en cette vie à Combourg, en cette figure funèbre du père, l'emblème d'une société révolue, et d'expliquer enfin la formation d'un « intérieur d'âme » assez extraordinaire (lettre de Chateaubriand), où l'ennui ira sans cesse de pair avec les songes.

PREMIÈRE PARTIE, LIVRE III, 11, 12, 13, 14, 15
(pages 125 à 134)

Les fantasmes de l'adolescence

RÉSUMÉ

L'éveil de sa sexualité conduit l'adolescent, aussi timide que passionné, à s'inventer une femme idéale, un « fantôme d'amour » et à broder, en son for intérieur, toutes sortes d'aventures romanesques où il se donne le beau rôle, même si le désespoir s'empare du « pauvre petit Breton obscur », quand il redescend de ses rêves sur terre (chap. 11). L'adolescent passe ainsi « deux années de délire » à se livrer avec emportement à toutes ses chimères, les sens et le cœur enfiévrés par la solitude des landes, par les jours d'orage en été, par les nuits de printemps et les voyages imaginaires en compagnie de sa « fleur d'amour » (chap. 12). L'automne surtout lui apporte des joies et des extases indicibles, dans la campagne désertée, au milieu des tempêtes ou des complaintes du vent, ou encore des rassemblements d'oiseaux migrateurs (chap. 13).

À peine retiré, la nuit, dans sa chambre, l'adolescent prend l'habitude de se livrer à une « incantation » pour faire surgir sa « magicienne » et s'enivrer avec elle de volupté, d'honneur et de gloire, avant de s'écrouler, « frappé de [sa] folie », en larmes sur son lit (chap. 14). Il rôde, les ténèbres venues, autour du château, songe à la mort quand il entend la cloche des trépassés, se nourrit de « l'amertume de [ses] dégoûts » puis, ne trouvant aucun réconfort auprès des siens, finit par céder à la tentation du suicide. Mais le coup ne part pas (heur ou malheur ?), du fusil de chasse qu'il introduit dans sa bouche un jour de plus grande désespérance.

REPÈRES POUR LA LECTURE

Aux trois premiers livres des *Mémoires*, qui relatent son enfance et son adolescence – sorte de poème en prose plutôt que récit ou narration –, Chateaubriand n'a cessé de marquer une prédilection attentive. Les autobiographies font une large place aux débuts dans la vie, parfois même ne vont pas au-delà, tant la nostalgie est souvent vive, chez l'adulte ou l'homme vieillissant, de ses jeunes années, tant ces dernières jouent un rôle capital dans la formation de l'individu et l'orientation d'une destinée. Trois expériences seront décisives pour l'adolescent solitaire : la communion avec la nature, les songes ou les « chimères » de l'amour, et l'épreuve de la souffrance, qui trouve son paroxysme dans l'obsession de la mort.

Le sentiment de la nature

L'austère cadre champêtre de Combourg, les bois, les landes et les bruyères (sans parler de la mer) de la Bretagne natale ont durablement façonné la sensibilité poétique de Chateaubriand. Les pages qu'il leur consacre révèlent une connaissance intime de la nature, apte à fournir aux descriptions du monde extérieur, nombreuses dans les *Mémoires*, des notations précises et des détails pittoresques. L'enfant, l'adulte plus tard savent regarder les choses et en jouir : c'est « l'alouette de bruyère » posée sur un caillou, « les réseaux tendus par l'insecte sur la pointe des herbes » (p. 128), « les prairies divisées par des haies plantées de saules... une onde ornée de ses plantes rivulaires » (*ibid.*). Une attention aiguë identifie cygnes, ramiers, corneilles, poules d'eau, sarcelles..., se plaît à suivre les évolutions des hirondelles à la surface du lac, au tomber du soleil. Les mots font image : « les roseaux agitaient leurs champs de quenouilles et de glaives » (p. 131). L'imagination, le savoir creusent dans le paysage la dimension du temps historique, devant « la lande semée de pierres druidiques » (p. 128) – outre l'effet de couleur locale. Une sensibilité d'esthète célèbre, dans tel voluptueux rythme ternaire, « la cime dorée des bois, la splendeur de la terre, l'étoile du soir scintillant à travers les nuages de roses » (*ibid.*).

Correspondances et synesthésies

Bernardin de Saint-Pierre, dans ses *Harmonies de la nature* (1796), avait dit la musique du monde, le concert par exemple des arbres agités par le vent, et Chateaubriand adolescent écoute « les bruits qui sortent des lieux infréquentés » ou « prête l'oreille à chaque arbre », se délecte des « grandes voix de l'automne » sortant des marais et des bois. Une synesthésie[1] prébaudelairienne fait « chanter » la clarté de la lune. Tout est correspondance au sein de la nature même, animée, entre l'âme individuelle aussi et la grande

1. *Synesthésie* : « perception simultanée »; association subjective de sensations diverses (une odeur et un parfum, une couleur et un son).

âme collective. Plus loin dans les *Mémoires*, le poète n'hésitera pas à constater : « Je me sentais vivre et végéter avec la nature dans une sorte de panthéisme. » Isolé entre ciel et terre, niché dans un saule, l'adolescent semble savourer la même léthargie heureuse (« Je passais des heures... ») que Rousseau absorbé dans ses rêveries au bord du lac de Bienne : le moi finit par se fondre dans la nature.

Un symbolisme poétique exprime cette sympathie (au sens fort du terme) étroite entre le monde extérieur, en apparence insensible, et les sentiments, les pensées de l'être sensible, soit que les jours d'orage excitent l'enthousiasme, autrement dit le délire sacré de l'inspiration, soit que l'automne, saison triste qui a une âme, s'unisse dans un rapport intime avec le moi mélancolique. Chacun de ses aspects n'a-t-il pas une valeur symbolique, de paysage-état d'âme et de miroir de la condition humaine? L'ample phrase (p. 130) déroule ses comparaisons, véritables « correspondances », ses anaphores imagées, ses vagues de subordonnées relatives pour mieux conduire, inexorable, jusqu'à la chute sur le mot clé, procédé favori du mémorialiste : ces « destinées » promises à la fuite du temps, à l'affaiblissement, au refroidissement et aux glaces de la mort.

Ce paysage d'étang, de roseaux, d'hirondelles et d'automne imprègne d'autant plus la mémoire de l'adulte qu'il a été associé à la sensualité de l'adolescent, au fameux « fantôme d'amour ».

Songes et « chimères » érotiques

C'est dans le livre de Combourg qu'est racontée la genèse de la Sylphide, ce personnage important des *Mémoires*. L'appellation, tardive sous la plume de Chateaubriand, n'a pas été inventée par lui, bien qu'elle soit devenue son apanage : on la trouvait déjà dans *Les Confessions* de Rousseau; chère aux romantiques, on la retrouve, chez – entre autres – Hugo et George Sand.

Forgé dans *René* (p. 179), ce fantôme imaginaire ne cessera plus de réapparaître et de disparaître tout au long de la vie et de l'œuvre du mémorialiste, incarnation poétique exemplaire d'un idéal féminin, quels que soient ses avatars terrestres, aimés ou simplement rencontrés, voire entrevus (Charlotte Ives, Pauline de Beaumont, Juliette Récamier, « tout un chœur féminin, varié d'âge et de beauté », *Mémoires*, II, p. 23). Sans parler de ses doubles romanesques : Atala; Velléda et Cymodocée, les deux héroïnes des *Martyrs*; la Blanca du *Dernier Abencérage*, et même l'Amélie de *René*, autre dispensatrice d'« enchantement ».

Une lecture réductrice, celle du critique Sainte-Beuve, serait de n'y voir qu'une fiction commode et pudique dissimulant les plaisirs solitaires de l'adolescent, les frasques amoureuses de l'homme célèbre, don Juan impénitent, ou les vains et pathétiques désirs du René aux cheveux blancs de la Quatrième Partie, lequel ne peut s'empêcher d'inviter sa « Sylphide des bois de Combourg » à revenir s'asseoir sur ses genoux (IV, p. 115), et la retrouve ou bien dans un rayon de lune (p. 211), ou bien encore dans le babillage de l'hirondelle de Bischofsheim (p. 297)...

Un aveu implicite

Il est vrai que « l'idéal objet de [ses] désirs » est pour l'adolescent un fantasme érotique : les dernières lignes du chapitre précédent (I, p. 125) sont sans équivoque à ce sujet. Sa sexualité éveillée par un contact inopiné avec une femme autre que sa mère et sa sœur, mais prisonnier de sa timidité, le jeune sauvage de Combourg se livre sans frein à « l'ardeur de son imagination » en se créant un « fantôme d'amour » pour assouvir ses appétits sexuels. Pas d'évocation réaliste, pas de détails crus mais, quand même, des mots fort clairs : « volupté [*terme récurrent*]... ivresse... plaisir... les feux dont je me sentais embrasé [*réalité charnelle autant que métaphore de la langue classique*], toutes les blandices [*terme archaïque : jouissances*] des sens. » La retenue du style n'empêche pas l'allusion aux étreintes fantasmatiques : « Ses mains s'appuient sur mon sein palpitant de respect et de volupté. » Le mécanisme même du fantasme sexuel est analysé : création d'un être imaginaire, production d'une scène avec tous ses excès amoureux : à la montée, au paroxysme du plaisir succèdent une brusque retombée, une chute brutale précipitant le « pauvre petit Breton obscur, sans gloire, sans beauté, sans talents » dans une réalité médiocre, dans la désillusion ou plutôt le désespoir, parce que c'est le mouvement inhérent à tout fantasme, parce que l'adolescent s'abîme dans la honte ou le remords (« ma folie... ce délire... d'une manière sauvage, bizarre, insensée – la voix de ma secrète misère[1] »), parce qu'à force de tout miser sur ses chimères, on ne peut que « bovaryser », comme dira Flaubert, autrement dit souffrir d'une éternelle insatisfaction.

La tentation du suicide

Plusieurs pages de ces chapitres se calquent, en plus grand, sur le mouvement constitutif de la période selon Chateaubriand : une ample protase, long crescendo, tourne court sur une brève apodose[2]. Ainsi dans les deux paragraphes terminant le chapitre 11 : « Voici venir une jeune reine... Au sortir de ces rêves... » (p. 126) ou à la fin du chapitre 14 : « À cette fureur... Tout à coup, frappé de ma folie... » (p. 132). Il n'est pas jusqu'au passage tout entier qui ne suive cette même ligne. Première phase, ascendante : la création du « fantôme d'amour », le délire et les délices, le plaisir indicible de l'automne, l'incantation, acmé de la volupté (quatre chapitres); seconde phase, en violent contraste avec la précédente : les pensées funèbres, la tentation du suicide (un seul chapitre). Quelques avertissements ont été prodigués par l'automne, par les accès répétés de souffrance ou de larmes, tel mot a retenti, de mauvais augure, à la fin de tel chapitre (« pour un néant », p. 132), repris à la fin de tel paragraphe (« la destruction », p. 133), mais c'est le dernier chapitre qui semble balayer toutes les jouissances de l'âme et du corps. La Sylphide devient, sinon une sorte de vampire, du moins un mauvais génie, une obsession névrotique : « De plus en plus garrotté à mon fantôme » (p. 133). Aux tableaux bucoliques se substitue un paysage désolé, soigneusement approprié, « monde mort qui réfléchissait la pâleur du sépulcre »; aux harmonies de la

1. *Misère* : terme théologique ou pascalien renvoyant à la notion de péché.
2. *Période, protase, apodose* : dans la phrase oratoire (*période*), on distingue une première partie ascendante (*protase*) et une seconde partie descendante (*apodose*).

nature, à la cloche des trépassés ; quant au « pâtre expiré » (*ibid.*), double fraternel, il semble ouvrir les portes du tombeau à l'adolescent torturé. Le « rouge du désir » n'a plus pour origine que la « joie subite » éprouvée à l'idée de mourir.

L'analyse psychologique diagnostiquerait les errements, les excès de l'adolescence, voire ses complexes (d'infériorité-supériorité entre autres, p. 133), aggravés par l'abandon familial et l'atmosphère sinistre de Combourg. L'analyse littéraire, verra quant à elle, dans cette relation obsessionnelle, dans l'invention de cette Sylphide – « Je ne sais si l'histoire du cœur humain offre un autre exemple de cette nature » (p. 125) –, le mythe fondateur d'une existence et d'une œuvre. Reprenant son autobiographie pour élucider et révéler « le mystère de sa vie » (p. 124), Chateaubriand en trouve la clé dans les chimères de son adolescence, puisqu'il sera toute sa vie un être double, hédoniste et nihiliste, épicurien et chrétien, en allé dans ses rêves et descendu dans l'arène politique, un homme aussi pour qui la quête comptera davantage que la proie (« Un secret instinct m'avertissait qu'en avançant dans le monde, je ne trouverais rien de ce que je cherchais ») et, par-dessus tout, un artiste capable de cristalliser en œuvres ses songes et ses frustrations.

L'élan créateur

Le bilan à dresser, au vu de ces pages, plutôt que négatif, est largement positif : le dynamisme l'emporte sur le pessimisme, la jouissance sur la désespérance. Le couple de l'adolescent et de « l'enchanteresse » préfigure, symbolise l'écrivain et son « faire[1] » créateur. Pour s'en persuader, il suffit de comparer les pages sur l'automne dans *René* et dans les *Mémoires*. Dans *René*, Chateaubriand « invente », selon le terme de Théophile Gautier, le motif romantique de l'automne triste, signe de l'universelle fragilité et de l'inexorable mort (en lieu et place de l'automne heureux, saison des vendanges – à Clarens, dans *La Nouvelle Héloïse* –, de l'opulente

1. Sens étymologique du mot *poésie*.

Cérès, des fêtes agraires, de la joie et de la vie...), et René n'est qu'un être passif et plaintif, un élégiaque toujours sur le point d'expirer, frère aîné du Lamartine des *Méditations poétiques* (1820).

Dans les *Mémoires*, au contraire, le jeune François-René déborde d'activité, non seulement dans ses frasques de collège ou avec son camarade Gesril, mais aussi dans sa solitude de Combourg où il invente et poursuit sa Sylphide sur la lande, où il monte en haut de la tour de l'Ouest pour admirer les éclairs sur les girouettes, s'embarque seul sur l'étang, grimpe dans les saules (la page 128 accumule avec une sorte de frénésie les verbes d'action et les imparfaits de répétition). Quant à l'automne, il dispense des joies dont le retour cause un « plaisir indicible » et la méditation, à l'unisson de la saison (« Je m'arrêtais pour regarder... »), sur l'éphémère condition humaine s'efface très vite, pour l'adolescent en pleine effervescence, derrière « les fables de [sa] félicité ». Loin d'être élégiaques, les mots clés relèvent du dionysiaque. Un élan presque prométhéen se manifeste dans l'intarissable prolixité lyrique, laquelle multiplie les anaphores, fait chanter les noms glorieux ou radieux (Venise, Rome, Athènes, Otahiti...), ainsi que les allitérations poétiques : « bosquets embaumés d'Amboine et de Tidor[1], boules d'or, bengali, bambou, barcarolle... ». Ou bien encore c'est la véhémence des verbes qui se pressent les uns sur les autres (« agiter la cime des forêts, ébranler le sommet des montagnes ») et la pléthore de mots cosmiques (ciel, nuages, tempêtes, forêts, mers, etc.).

Le délire poétique

C'est que la « fleur d'amour » n'a pas pour seule fonction d'assouvir les pulsions érotiques. « Fée... magicienne... enchanteresse », elle démultiplie l'énergie psychique et sensuelle, l'étend à tous les domaines, deux en particulier : la communion avec la nature et l'imagination créatrice. Le grand voluptueux qu'a été Chateaubriand, jusqu'à la fin de sa vie, n'a cessé d'associer des

1. *Amboine et Tidor* : îles de l'archipel des Moluques.

figures féminines aux lieux visités, aux paysages admirés : « Donnez à l'âme une compagne et la riante parure des coteaux et la fraîche haleine de l'onde, tout va devenir ravissement », s'exclame le voyageur esseulé devant la cataracte de Niagara (I, p. 303), avant de rencontrer ses Floridiennes, sylphides américaines. Celle de Combourg « soumet la nature » au poète : en étreignant sa « nymphe[1] », l'adolescent se fond dans le Grand Tout, réalise la fusion du moi et des choses, de l'esprit et de la matière (« J'étais homme et n'étais pas homme », « je devenais le nuage, le vent, le bruit », p. 132), et va jusqu'à recréer l'androgyne originel : « Je me dépouillais de ma nature pour me fondre avec la fille de mes désirs, pour me transformer en elle » (*ibid.*).

À ce degré d'exaltation presque surhumaine surgit la création poétique ou, pour mieux dire, le Verbe démiurgique, recréant le monde dans et avec les mots. L'enthousiasme était, pour les Anciens – Platon entre autres –, une possession divine, un délire sacré, la visitation de la Muse. Certes, dans les belles histoires que se raconte l'adolescent (aventures extraordinaires, folles amours, gloire, honneur et volupté), on ne peut voir que les folies d'un esprit romanesque, sursaturé de lectures, d'images historiques, mythologiques, exotiques : « Voici venir une jeune princesse... » ou, autre morceau de bravoure : « Il serait trop long de raconter les beaux voyages... » (p. 129). N'est-ce pas plutôt, déjà, les premiers crayons des œuvres à venir (*Les Martyrs*, *Atala*, *Le Dernier Abencérage*, *Les Natchez*, etc.)? La fameuse « incantation » – chapitre central de l'épisode – n'est pas simple jeu d'une imagination adolescente débridée. Une incantation, c'est un enchantement et un chant. La Sylphide est voix et vocation, souffle et inspiration : « l'air exhalé de sa bouche humide » dispense le plaisir érotique et la force de créer. Cette incantation deviendra plus tard l'« invocation à Cynthie » (voir Lecture analytique 6), la « conversation avec l'hirondelle » (IV), véritables poèmes en prose, ou autres pages de l'œuvre.

---

1. *Nymphe* : divinité champêtre de la mythologie.

Château en Bohême

RÉSUMÉ

Prague, le 24 mars 1833. Venu de France pour apporter à Charles X exilé des lettres de la duchesse de Berry, la mère, alors emprisonnée, de l'héritier du trône, Chateaubriand arrive enfin à destination. Il se rend aussitôt, à neuf heures et demie du soir, au château de Hradschin, que l'empereur d'Autriche a mis à la disposition de la famille royale. Introduit dans le cabinet de Charles X, le visiteur trop ému ne peut s'empêcher de fondre en larmes « comme un enfant », à la vue du vieux roi accablé par les années et les « calamités extraordinaires de sa vie ». Le lendemain se succèdent les visites aux Bourbons et aux membres éminents de leur entourage : « Monsieur le Dauphin », fils de Charles X; la duchesse de Guiche, qui partage l'exil des infortunés; le « triumvirat », autrement dit les trois ministres officieux, dont Chateaubriand déplore la politique médiocre et l'influence néfaste; et surtout les « enfants de France », le jeune fils de la duchesse de Berry, qui s'effarouche à s'entendre saluer du titre de futur roi, « Mademoiselle », sa sœur, dont le visiteur meurt d'envie de baiser respectueusement la petite main blanche. Une nouvelle audience de Charles X attend le fidèle serviteur de la monarchie légitime.

REPÈRES POUR LA LECTURE

Une page d'histoire

Quand Chateaubriand parvient à Prague en mai 1833, la conjoncture politique est la suivante : règne à Paris en la personne de Louis-Philippe Ier, « roi des Français », la famille des Orléans, branche cadette des Bourbons, portée sur le trône par la révolution de 1830. Que reste-t-il de la branche aînée, détrônée et exilée? Le vieux roi Charles X – l'ancien comte d'Artois –, frère de Louis XVI et de Louis XVIII, est le second et dernier monarque de la Restauration. Son fils aîné, le Dauphin, a épousé l'ex- « Madame Royale », la fille, épargnée par la guillotine, de Louis XVI et Marie-Antoinette (Chateaubriand lui rendra longuement visite à Carlsbad, livre V, p. 267-280) ; le couple n'a pas d'enfants. Charles X et le Dauphin ont abdiqué, en 1830, en faveur du petit duc de Bordeaux, fils posthume du duc de Berry, le second fils, assassiné en 1820, de Charles X et de la fameuse duchesse de Berry des *Mémoires* (IV). Tous les espoirs du parti dit légitimiste – parce qu'il ne voit qu'une usurpation dans la prise du pouvoir par Louis-Philippe – reposent donc sur la jeune tête du duc de Bordeaux, connu aussi dans l'Histoire sous le nom de comte de Chambord, lequel, on le sait, ne régnera jamais et mourra sans descendance, laissant le champ libre à la République ou à la famille d'Orléans, seule héritière désormais du trône.

Un spectateur-acteur

Compte tenu de ces enjeux politiques, les pages consacrées aux deux voyages à Prague de Chateaubriand relèvent du genre des mémoires historiques, plus que de l'autobiographie intimiste. Voilà le mémorialiste redevenu témoin privilégié ou plutôt acteur dans la marche du siècle. Sa mission d'ambassadeur officieux, presque clandestin, de la duchesse de Berry, est doublement délicate. La princesse est alors un membre décrié, voire honni par les siens, de la famille royale : non seulement elle a échoué dans sa folle tentative de soulever la Vendée contre la monarchie de Juillet, mais encore et surtout elle a contracté une liaison, un mariage secret (?) dont une fille est née, avant qu'on puisse dissimuler son existence, dans les prisons de Louis-Philippe (un scandale pour les légitimistes, une aubaine pour les orléanistes). Son chevalier servant ne trouvera à Prague qu'hostilité et conspiration du silence. L'effet oratoire (comparaison entre « la prisonnière de Blaye » – la duchesse – et « la prisonnière du Temple » – la Dauphine –, p. 218) fera long feu ; les propos en faveur de l'« illustre mère », de la « courageuse mère » paraîtront déplacés ; la lettre de la duchesse ne sera pas remise à ses enfants, maintenus dans l'ignorance des détails scandaleux.

En outre, le vicomte de Chateaubriand n'est pas en odeur de sainteté auprès des partisans des Bourbons : il a certes refusé de se rallier aux Orléans, mais n'a pas cessé de combattre les ultras[1] ni de soutenir les idées modernes libérales. On comprend la défiance à son égard de l'entourage réactionnaire de Charles X, de ce triumvirat obtus et passéiste, qui cherche à « s'emparer du règne futur » et à « isoler le jeune roi ». Les « brouilleries du château » tournent autour de l'éducation du prince : nommer un jésuite, c'est faire le jeu de la réaction (« ça sera bien impopulaire! »). Hradschin est donc devenu un nid d'intrigues à la fois familiales et politiques. L'ambassadeur échouera dans sa mission.

La théâtralisation de l'Histoire

Désenchantée, la plume du mémorialiste hésite entre la compassion et la dérision, la satire et une mise en scène funèbre. Elle est digne d'un Retz ou d'un Saint-Simon[2] quand elle entreprend de peindre les princes et leurs courtisans. Misère et grandeur d'un Dauphin écrasé par l'Histoire, réfugié dans les sentiments et les préoccupations d'un simple particulier. Le portrait, ambigu, d'un moraliste classique, balance entre le blâme et l'éloge; le parallèle est féroce entre la gesticulation filiale et les soubresauts du siècle. Médiocrité des « dévoués serviteurs », engoncés dans les rites de cour, empêtrés dans leurs cabales; l'ironie est flagrante dans l'emphase des termes et le style héroï-comique : « l'opposition... le parti Gontaut... le parti Guiche... transfuge du parti Berry... parti de la jeune France » (p. 221).

La compassion dicte, quant à elle, l'acte d'allégeance à la royauté légitime, renouvelé avec solennité devant le futur héritier du trône. Les portraits du petit prince et de sa sœur se teintent d'une tendresse amusée, se plaisant à souligner la « sollicitude » de l'aînée et l'embarras « effarouché... ébouriffé » du cadet. Toute la personne de Mademoiselle, « mélange de l'enfant, de la jeune fille et de la

---

1. *Ultras* : partisans les plus réactionnaires du parti légitimiste.

2. *Cardinal de Retz* (1613-1679 : auteur de *Mémoires*, rédigés de 1662 à 1679 et publiés en 1717; *duc de Saint-Simon* (1675-1755), *Mémoires* composés de 1694 à 1752, pub. posth. 1829. Deux grands noms du genre littéraire des mémoires : deux grands spectateurs-acteurs en leur temps des cours royales ou princières.

princesse » (p. 222), la transforme en nouvel avatar de la Sylphide pour un René vieilli mais impénitent. Sans doute s'agit-il pour le vicomte de Chateaubriand de fidélité, de point d'honneur aristocratique dans cet attachement royaliste, mais aussi et plus encore de sensibilité, voire d'émotivité romantique. Le cœur l'emporte sur les vues politiques ou plutôt les commande, comme en témoignent le « saisissement » et les pleurs d'enfant répandus en présence du monarque (p. 217).

Un palimpseste[1] funèbre

En dernier ressort s'établit un parallèle entre les destinées historiques et la propre destinée du mémorialiste, entre la forteresse de Combourg et le château des rois de Bohême, entre la première et la dernière partie des *Mémoires*, autrement dit entre l'enfance et la vieillesse de leur auteur. Même couple parental (Charles X et sa nièce, la Dauphine, à qui Chateaubriand donne le titre de reine); même couple enfantin (une sœur aimante et son plus jeune frère); même figure du roi-père, voué à une existence fantomatique, incarnation exemplaire d'un monde figé, promis à la disparition; même rituel, comme enténébré, pour une existence médiocre (comme on le voit mieux dans le chapitre 5 où Chateaubriand fait une référence explicite aux soirées de Combourg, p. 237); même poids oppressant de la mort, même poésie funèbre dans l'évocation de Hradschin, dont la « masse noire », les « salles anuitées », le silence, les longs corridors obscurs font penser, autant qu'à une prison, à quelque tombeau ou catafalque. Ainsi l'agonie dynastique des Bourbons rejoint-elle l'agonie familiale des Chateaubriand, le corps exsangue de la légitimité royale celui de la légitimité patriarcale, et le déclin du vieux monarque exilé, au bord de sa tombe, le déclin et l'exil (dans une cause perdue, en marge de l'Histoire, et dans la vieillesse, à l'écart, déjà, des vivants) du mémorialiste lui-même.

---

1. *Palimpseste* : manuscrit dont on a effacé la première écriture — qui peut transparaître — pour écrire un nouveau texte.

Venise

RÉSUMÉ

Le 10 septembre 1833, Chateaubriand, toujours sur les routes au service de la duchesse de Berry, se retrouve à Venise, qu'il a déjà eu l'occasion de voir au cours de son voyage de Paris à Jérusalem. Il peut de nouveau admirer les merveilles de la cité, rêver sur sa gloire passée et sa décadence actuelle, déplorer la mort lente de cette « ville de poètes » qui a vu passer, au fil des âges, Dante, Pétrarque, l'Arioste, le Tasse, Rousseau et Byron. Longue description, savante, de l'art composite du palais des Doges, de la basilique Saint-Marc... À la nuit tombante, le voyageur se mêle aux Vénitiens dans les cafés et sur les quais. Le lendemain, il visite la bibliothèque du palais ducal : un manuscrit de Dante suscite un « saint respect » et une mappemonde du XVe siècle une curiosité avide. Le visiteur n'oubliera pas les célèbres prisons, situées « sous les plombs[1] », ni le pont des Soupirs : « On ne peut se passer de beauté à Venise, même pour la tyrannie et le malheur. Pigeons et colombes font désormais leur nid dans les fenêtres des geôles. » (p. 343).

REPÈRES POUR LA LECTURE

Une ville fastueuse

Le chapitre qui ouvre le livre sur Venise est précédé de deux épigraphes tirées des *Élégies* de Sannazar (poète italien de la Renaissance). La première célèbre la puissance de la cité : « Salut, reine de l'Italie... », la seconde parle de décadence et de mort : « Tu ne dureras pas toujours... » (p. 334). Tels sont les deux motifs clés du chapitre comme du livre entier.

Le premier mouvement du mémorialiste, installé dans l'un des plus beaux hôtels, avec « points de vue agréables » (dit un guide du

1. *Plombs* : prisons de Venise situées au dernier étage du palais de Saint-Marc, sous une toiture à lames de plomb.

temps), est de jubilation devant les « choses admirables » qui l'entourent ou défilent le long du Grand Canal devant ses yeux. La basilique, le palais des Doges, les monuments prestigieux sont trésors de l'art et signes encore visibles du glorieux passé : images de la « triomphante cité » qu'impose d'emblée l'évocation du Bucentaure, cette galère officielle qui, entre autres fêtes, permettait au Doge de présider aux noces de la ville et de la mer. Le procédé stylistique majeur, de l'énumération ou plutôt de l'accumulation, recense les merveilles et les artistes qui les ont élaborées : les noms propres, outre l'effet de couleur locale (en particulier les appellations en langue italienne), sont éloges à eux seuls. Et pourtant, déjà, cette profusion d'art et de beauté, ces fastes éclaboussés de lumière marine sont connotés d'irréalité, d'illusion trompeuse (« caprices d'un rêve », p. 334), par la comparaison avec les toiles peintes en trompe-l'œil de Ciceri, le peintre-décorateur à la mode des opéras romantiques. La magie de Venise tient de la fantasmagorie, ce n'est plus que du théâtre (« on peut se croire... vous apercevez... on contemple... », *ibid.*).

Une oraison funèbre

Une seconde litanie de célébration, sous le signe du fatidique « ne... plus », ressemble à une oraison funèbre. Le tour métaphorique a beau accumuler les titres et les exploits de Venise, convoquer, asservis, à ses pieds, les empereurs, les princes, les âges et les civilisations, rivaliser dans sa ferveur ou sa solennité oratoire avec le chant IV de *Childe Harold*[1] (où Byron décrit lui aussi la cité), culminer dans une figuration allégorique digne des grands tableaux d'histoire ou de mythologie, l'implacable succession des imparfaits n'en rententit pas moins comme un glas sonnant une irrémédiable décadence, voire la fin de ces fastes historiques désormais révolus.

Ce que Venise exhibe, c'est la fuite et le pouvoir destructeur du temps, le glissement de la vie vers la mort : « vous aimez à vous

1. Poème en quatre chants dont les deux premiers furent publiés en 1812, le troisième en 1816, et le quatrième, entièrement consacré à l'Italie, en 1818.

sentir mourir avec tout ce qui meurt » (p. 336). L'idée que Chateaubriand ajoute au lieu commun (des prédécesseurs et des poètes romantiques) est le *charme*, la vertu attractive, non seulement gardée mais accrue, d'une cité dont le déclin est à ce point embelli par la nature : « brises volupteuses... flots amènes[1]... beau climat... séduction du ciel » (*ibid.*), par l'histoire, par les arts. Autre renversement dialectique : la ville des fêtes, des courtisanes, et des plaisirs, invite, parce que mourante, à mieux jouir du temps qui passe.

Une ville symbolique

Cité à part, Vénise échappe au devenir, préservée, pétrifiée même telle quelle, à l'abri des vandales, ceux des temps passés et ceux des temps modernes, intacte dans son étrange et double nature : la beauté, les plaisirs, les arts, et le déclin, la misère, la mort. Cité exemplaire, elle est l'emblème de ces destinées collectives soumises aux mêmes lois (tout change, tout passe, tout meurt) que les destinées individuelles. Elle est la ville des poètes, autrement dit de ceux qui triomphent de la mort par l'écriture. L'art n'est pas seulement un ailleurs où fuir, il est aussi et surtout le seul mode de pérennité : pour preuves Venise et les *Mémoires*.

Plus que la parabole de sa propre décadence, Chateaubriand déchiffre dans le sort de la cité « en harmonie avec [sa] destinée » celle de son entreprise de mémorialiste. Tout a valeur symbolique dans le dernier paragraphe (p. 337) : la lumière du soleil couchant qui transfigure Venise, est titienne[2], et l'ultime image, allégorique, condensant les deux motifs – mort et beauté, celle-ci exorcisant celle-là – nous transporte dans le domaine de la poésie : la seule magie qui vaille est celle de l'art ou de l'écriture.

---

1. *Amènes* : agréables (latinisme néologique).

2. *Titienne* : adjectif forgé sur le nom du peintre Titien (1490-1576), l'un des grands maîtres de la peinture vénitienne.

DEUXIÈME PARTIE

Problématiques essentielles

1 *René* ou le roman du moi

Dans les classifications de l'histoire littéraire et dans le langage ordinaire, un *roman* est une œuvre de fiction – les faits, les personnages sont imaginés, même s'ils sont proposés comme réels – et un récit d'une certaine ampleur, ce qui l'oppose à des genres courts, tels que le *conte* ou la *nouvelle*. L'une des autres caractéristiques du roman est son aptitude au polymorphisme, son extrême souplesse pour ce qui est des thèmes, des intentions, des tons et des styles.

On voit dans ces conditions combien le genre de *René* est problématique : c'est un *roman du moi*, autrement dit un récit hybride où le personnage, cet être de fiction, de « papier », est en fait une personne réelle, l'auteur lui-même ou, du moins, son double, son reflet. Là où le romancier traditionnel invente un *il* ou un *elle* (Julien Sorel, Rastignac, Emma Bovary...), le romancier du moi utilise un *je* mais le camoufle en personne imaginaire ou fictive, si bien que l'œuvre a une dimension autobiographique sans être pour autant une autobiographie (voir définition p. 71).

René est aussi un récit si court qu'on parlerait plus volontiers à son propos de *nouvelle*, genre dont le principe constitutif est d'unir à la brièveté de la narration une forme concentrée et un contenu riche de significations, si la nouvelle n'était pas, comme le roman, le récit d'une petite histoire imaginaire.

René : un personnage de roman

Qu'est-ce qu'un personnage de roman, sinon une figure, fictive sans aucun doute, mais dotée, comme un être réel, d'une *personnalité*, autrement dit un individu donnant une impression de vie, de réalité, mais n'ayant d'existence que dans l'univers propre de l'œuvre ?

René est un aristocrate, mal à l'aise dans la société de son temps, enclin à la neurasthénie, à la sauvagerie solitaire, à des passions et des exaltations, sans cesse alimentées par un idéal chimérique ou la soif d'absolu. Il est le frère des premiers romantiques et semble plus vivant encore dans la fiction narrative du romancier que s'il était une personne réelle – parce que ramené à l'essentiel, aux seuls traits caractéristiques d'une génération, à la passivité d'un individu en marge de l'histoire [1].

En outre, René est moins privé d'épaisseur romanesque qu'il n'y paraît au premier abord. Le personnage appartient en effet à un ensemble plus vaste, et sa propre histoire peut relever de ce qu'on appelle le roman « à tiroirs », où des récits de vie s'insèrent dans la trame narrative : soit qu'il vienne, avec un passé (sa vie chez les Indiens, ses aventures, son mariage, sa fin tragique), du roman ethnologique des *Natchez* (écrit en 1796-1797), inspiré du voyage en Amérique de Chateaubriand ; soit qu'il tienne son rôle dans le prologue et l'épilogue qui encadrent les deux histoires couplées d'*Atala* et de *René*, cette saga en miniature d'une famille comme maudite, issue des sangs mêlés de « René l'Européen » et de son épouse indienne Celuta.

Le récit de Chateaubriand n'est pas un cas à part dans la littérature romanesque de l'époque. On y retrouve plusieurs orientations décisives du genre. Sont alors à la mode les romans de

---

1. En effet, l'autre caractérisation du personnage de roman est son rôle, positif ou négatif, dans un récit : or René n'agit pas, il se contente de subir et de souffrir.

la condition humaine dont le sujet principal tient non pas aux tribulations d'un héros, mais au monde intérieur de celui-ci, à ses réflexions, ses rêveries sur l'existence, son besoin de passions dans une vie toujours menacée par l'ennui : des drames intimes à la fois psychologiques et philosophiques. Le témoignage – autobiographique – de Rousseau dans les *Rêveries du promeneur solitaire* (1776-1778) a donné le ton : deux chefs-d'œuvre du genre seront l'*Oberman* de Senancour (1804), sorte de journal secret dénué de trame narrative, tout entier consacré aux échos dans une âme du monde extérieur, et, postérieur à *René*, l'*Adolphe* de Benjamin Constant (1816), roman du moi, récit rétrospectif ou confession, participant de la vie amoureuse de l'auteur.

René : un récit autobiographique

On use volontiers du mot *récit* – préféré à celui de *roman* – quand on veut jouer sur une ambiguïté entre le réel, qui est la matière traditionnelle du récit, et le fictif, qui constitue la caractéristique majeure du roman.

L'autobiographie, quant à elle, choisit le réel puisqu'elle repose sur l'identité entre le narrateur et l'auteur. L'homonymie entre le personnage et l'écrivain peut orienter en ce sens la lecture de *René* : il est l'œuvre de François-*René* de Chateaubriand. Ne peuvent que renforcer cette impression d'autobiographie déguisée les nombreuses similitudes ou convergences entre *René* et les *Mémoires d'outre-tombe*, même si on peut souligner les déformations du traitement romanesque : ainsi, René est orphelin de mère, et un amour incestueux – que rien ne permet de retrouver dans la réalité – unit le frère et la sœur.

Le recensement n'est pas difficile, des motifs communs à *René* et aux *Mémoires*, qui viennent renforcer l'impression d'autobiographie déguisée ou romancée : l'origine noble; le château familial, provincial et solitaire; la sœur tendrement aimée, les promenades mélancoliques des deux jeunes gens; le « fantôme imaginaire » (la Sylphide des *Mémoires*); les paysages bretons dont René retrouve partout l'image; les tempêtes sur la mer; le goût des chefs-d'œuvre artistiques et littéraires : « Je recherchai surtout dans mes voyages les artistes et les hommes divins qui chantent Dieu sur la lyre » (p. 173); celui des ruines, des cimetières, des monastères, des clairs de lune, des soleils couchants – tous lieux communs, à venir, du romantisme; et, jusque dans le détail, ces oiseaux migrateurs qui préfigurent, symboles du voyage qu'est la vie, les hirondelles de Combourg, ou encore le murmure des joncs flétris sur l'étang désert...

Les chapitres célèbres des *Mémoires* sur les années de « délire » et les « joies de l'automne » font écho aux pages non moins célèbres de *René* (« Levez-vous vite orages désirés », p. 180), et vice versa. Tel pèlerinage sacré au château abandonné passe d'une œuvre à l'autre, à la fois romanesque et autobiographique. Telle page sur l'Italie, mère de la beauté et du temps destructeur (*René*, p. 174), annonce les méditations à Rome et à Venise, et déjà s'élève le leitmotiv des *Mémoires* : « Que sont devenus...? » (*ibid.*, p. 173).

Ainsi le drame, fictif, de René et d'Amélie se nourrit-il du martyre d'une intériorité aristocratique et douloureuse, celle-là même de leur créateur. Le *je* personnel ne cesse de se confondre plus ou moins avec le *je* romanesque, et c'est l'osmose des deux qui engendre un *je* mythique, autrement dit exemplaire, représentatif de toute une génération, le seul qui puisse assurer au bref récit qu'est *René* son éclat et sa pérennité.

LE MYTHE DE *RENÉ*

On entend par *mythe* « le récit d'événements fictifs chargés d'une signification humaine profonde » [1]. Voilà pourquoi, détaché de ses origines (*Les Natchez*, *Le Génie du christianisme* et même *Atala*), devenu une fiction autonome, *René* a été promu au rang de mythe, c'est-à-dire de texte fondateur du romantisme français et d'illustration exemplaire d'un certain rapport du moi au monde. Le

1. Émile Souriau, *Vocabulaire d'esthétique*, PUF, 1990.

récit de Chateaubriand met en lumière une vérité, une vision des choses, une expérience qui dépassent largement la seule perspective romanesque et autobiographique.

Le « vague des passions »

« On habite, avec un cœur plein, un monde vide, et sans avoir usé de rien, on est désabusé de tout » (*Génie du christianisme*, chapitre intitulé « Du vague des passions », cité dans la Préface de 1805). René prévient d'emblée que l'histoire qu'il va conter ne sera pas de ses aventures mais de « ses pensées et de ses sentiments », des « sentiments secrets de [son] âme » (p. 167 et 168). Ce que Chateaubriand proposait avec ce court récit à ses contemporains, c'était une nouvelle façon de vivre et de sentir, qui était aussi bien la leur que la sienne, un état d'âme historique, héritage et du christianisme et de la Révolution, d'un long passé et de l'âge moderne.

Ainsi *René* est-il l'une des premières et des plus éclatantes manifestations de ce qu'on appellera après 1830 le « mal du siècle » – à tel point qu'on emploiera comme expression jumelle le « mal de René ». Le concept de « mal du siècle » recouvre une forme particulière de malheur, considérée comme le propre d'une époque et tenant, pour l'essentiel, au divorce entre d'une part le moi, ses aspirations, son désir d'action, d'amour, d'idéal et, d'autre part, l'ordre du monde, une société incertaine ayant perdu ses repères traditionnels – politiques, religieux, moraux –, sans avoir encore trouvé de nouveaux modes de vie et de pensée.

Cette crise culturelle, les contrastes entre les élans à vide de l'imagination et la pauvreté de l'existence concrète ou les obstacles qu'oppose la réalité finie à la soif d'absolu, engendrent l'« ennui[1] », c'est-à-dire une lassitude inexplicable, un « dégoût » (p. 181) de toute chose, le besoin de se renfermer dans sa singularité et son unicité solitaire : « Hélas, j'étais seul, seul sur la terre ! », s'exclame le

1. On parlerait aujourd'hui de dépression nerveuse.

héros de Chateaubriand page 181 (voir Lecture analytique **1**, page 116).

René, l'homme chrétien

René est, si l'on peut s'exprimer ainsi, l'*homo christianus* ; païen, il serait inconcevable. Selon Chateaubriand, en effet, la religion chrétienne a modifié l'esprit, le caractère, la morale de l'être humain. À la différence du citoyen antique, voué aux plaisirs et aux affaires du forum, peu enclin par ses croyances religieuses à « regarder au-delà de la vie », l'homme chrétien, introverti, éternel pécheur, s'est replié sur lui-même et a d'autant plus tourné ses aspirations vers un ailleurs, qu'il ne pouvait trouver ici-bas de quoi satisfaire ses élans et ses passions. La vie monastique en particulier a aggravé cette mélancolie existentielle et métaphysique d'âmes solitaires se consumant elles-mêmes dans leurs insatisfactions terrestres.

Deux autres facteurs ont joué dans la tranformation de l'être humain : d'une part l'influence plus grande des femmes dans la société moderne a coloré cet état d'esprit de « quelque chose d'incertain et tendre »; d'autre part la civilisation, en multipliant les livres, les savoirs, les expériences, en apportant sans cesse de nouveaux aliments à l'imagination n'a fait qu'aviver les désirs et les désillusions. *René* était conforme à cette dialectique du *Génie*, qui finit par déboucher sur une apologie du christianisme, « seule ressource dans les grands malheurs de la vie », seule religion dont la doctrine et le culte « se mêlent merveilleusement aux émotions du cœur et aux scènes de la nature ».

Mais le frère d'Amélie ne sera pas un nouveau Rancé[1], il ne se convertira pas, ne se jettera pas dans un cloître pour échapper aux calamités de la vie, et l'on a pu se demander, à juste titre, s'il était vraiment chrétien. Même si le christianisme permet une interprétation du personnage, il y a une autre clé : le drame de René se situe dans ses relations avec son temps, avec la société civile et mondaine.

1. Voir note 2, p. 14.

René, l'homme moderne

René est aussi l'homme d'un monde sur lequel est passée la Révolution. Un individu en porte-à-faux dans la société moderne, pré- et post-révolutionnaire, refusant, malgré les objurgations de sa sœur et du Père Souël, de prendre un état[1], de sortir de sa solitude et de sa passivité pour s'insérer dans la vie de la cité et en devenir un membre actif, responsable, pour s'« engager » (comme on dira au XXe siècle) – ce que François-René, en revanche, choisira de faire. La dernière image donnée du personnage est celle d'un rêveur, assis, seul, sur un rocher, au soleil couchant.

L'histoire est située non à l'époque révolutionnaire mais sous la Régence[2], c'est-à-dire au début du grand bouleversement politique, social, religieux, moral, dont 1789 sera le point culminant. C'est alors que la France bascule dans une ère nouvelle, avec les Lumières, l'esprit philosophique, le reniement des valeurs anciennes, l'impiété ou l'incrédulité, le rationalisme ou le matérialisme, l'hédonisme ou la corruption des mœurs, l'affairisme ou le prosaïsme bourgeois. Deux actes de décès, du père et de la mère, de l'aristocrate et de la ci-devant, témoigneront dans les *Mémoires* (I, p. 156 et 157) de l'irréversible et douloureuse mutation accomplie à la fin du XVIIIe siècle.

La maladie morale de René est due surtout à ce contexte historique, à cette crise de la civilisation ou de la conscience européenne, et le personnage acquiert sa dimension mythique en incarnant le mal-être d'une génération perdue entre deux siècles, deux visions du monde, et prompte, pour échapper à son désarroi ou à son ennui, à se réfugier dans les « orages désirés » ou dans ses « chimères ».

L'ambivalence n'est pas seulement d'un héros noble et chrétien à l'ancienne mode d'un côté, et d'un personnage héritier des philosophes de l'autre, mais également d'une œuvre insérée dans le

---

1. *Prendre un état* : se faire une situation, une position dans la société.
2. Voir note 1, p. 24.

Génie pour appeler à une restauration – impériale – de l'ordre civil et de la foi religieuse, et promue, en fin de compte, charte d'un mode de vie et de pensée qui s'écarte du train du monde, conteste la société moderne et la marche de l'Histoire :

> Je me trouvai bientôt plus isolé dans ma patrie que je ne l'aurais été sur une terre étrangère. Je voulus me jeter pendant quelque temps dans un monde qui ne me disait rien et qui ne m'entendait pas (*René*, p. 177).

Lu et relu après 1815, *René* engendrera une descendance que son auteur finira, en vain, par condamner : « Si *René* n'existait pas, je ne l'écrirais plus; s'il m'était possible de le détruire, je le détruirais. »

Les avatars du mythe

Du « mal du siècle », on trouve des antécédents chez Rousseau ou chez Goethe. Toujours dans la Préface de 1805, Chateaubriand s'en prend au premier, introducteur de « ces rêveries si désastreuses et si coupables », comme au second, dont *Les Souffrances du jeune Werther* (1774) n'ont fait que renforcer le poison en germe, c'est-à-dire « le travers particulier des jeunes gens du siècle, le travers qui mène directement au suicide ». Adonnés à leur misanthropie orgueilleuse, ces « espèces de solitaires à la fois passionnés et philosophes » découvriront leur autre livre de chevet dans *La Confession d'un enfant du siècle* (1836) d'Alfred de Musset.

Le romantisme les dotera de caractéristiques diverses : le morne et mortel abattement de Senancour, le raidissement hautain et silencieux de Vigny, les mélodieux soupirs de Lamartine, l'intime désespoir, les « sanglantes douleurs » de Musset, le satanisme et le spleen de Baudelaire, le défi prométhéen et les invectives de Hugo; et, au-delà de l'âge romantique proprement dit, le bovarysme ironique de Flaubert, l'impassibilité esthétique de Leconste de Lisle ou, plus tard encore, les langueurs saturniennes de Verlaine, les névroses décadentes des symbolistes... Qu'aurait dit enfin l'auteur de *René* devant les révoltes lucifériennes d'un Lautréamont et d'un Rimbaud, la « nausée » existentielle de Sartre, l'inquiétante étrangeté de l'absurde selon Camus? Avec, à chaque fois, dans des œuvres[1] plus ou moins autobiographiques, le penchant plus ou moins marqué pour l'auto-analyse, l'égotisme, le solipsisme[2] ou le narcissisme maladif, pour quelque sulfureux et voluptueux culte du moi ou de sa singularité.

L'ÉCRITURE DE *RENÉ*

Il n'est de mythe qui ne perdure sans une soigneuse élaboration littéraire ou poétique, qui ne fascine sans ambivalence ou ambiguïté, en l'occurrence celle d'un héros, René, qui chante le mal dont il s'enchante.

Le « mal de René » a pour tonalité propre le registre élégiaque. Traditionnellement, l'élégie est un chant de deuil, une poésie douce et plaintive, visant à exprimer des sentiments mélancoliques, voire funèbres, sur le mode lyrique. Plus qu'un roman, *René* serait un long poème, dont le lyrisme morose, sur le mode de l'effusion mélodieuse et sentimentale, s'accorde au mieux au vide de l'action dans le récit et à la béance du cœur chez le protagoniste.

Écriture poétique, l'élégie, telle qu'on la retrouve dans le récit de Chateaubriand, use en abondance des procédés d'expression suivants :

– la récurrence des images, des métaphores et des comparaisons :

> Cependant, plein d'ardeur, je m'élançai seul sur cet orageux océan du monde, dont je ne connaissais ni les ports, ni les écueils (p. 172);

– le balancement harmonieux des phrases :

> Tout se trouve dans les rêveries enchantées où nous plonge le bruit de la cloche natale : religion, famille, patrie, et le berceau et la tombe, et le passé et l'avenir (p. 170);

1. *Les Chants de Maldoror, Une saison en enfer, La Nausée, L'Étranger* (si l'on voit dans Meursault un René moderne).

2. *Égotisme* : lancé par Stendhal, le mot renvoie à un égocentrisme, voire un égoïsme (hypertrophie du moi) ; *solipsisme* renvoie à l'idée, presque pathologique, que rien d'autre n'existe que le moi.

– un rythme qui s'organise souvent autour d'une césure[1], pour un contraste ou un paradoxe :

> « Inconnu, je me mêlais à la foule : vaste désert d'hommes! (p. 177);

– une constante musicalité des mots et des phrases :

> L'astre, enflammant les vapeurs de la cité, semblait osciller lentement dans un fluide d'or, comme le pendule de l'horloge des siècles (p. 178).

René est à la prose ce que seront à l'écriture versifiée les *Méditations poétiques* (1820) de Lamartine. Et les deux œuvres satisfont à la définition célèbre, qu'on trouve sous la plume du poète : « La poésie, c'est le chant intérieur[2]. »

---

1. *Césure* : au premier chef, pause médiane d'un vers ; au second, coupure ou silence intervenant au milieu d'une phrase
2. Lamartine, Préface des *Recueillements poétiques* (1839).

2 Les *Mémoires* : autobiographie et mémoires

Les *Mémoires d'outre-tombe* sont l'œuvre de toute une vie puisque la naissance du projet remonte à 1803 (Chateaubriand a trente-cinq ans) et que la parution commencera en 1848, à titre posthume (l'auteur venant de mourir à l'âge de quatre-vingts ans). Quelque quarante-cinq années donc pour la genèse et l'élaboration de l'œuvre. Sur une telle durée, des variations, des changements de cap étaient inévitables dans la conception et la rédaction. L'œuvre qui en est issue, complexe, protéiforme, tient tout à la fois des *mémoires*, de l'*autobiographie*, du *journal*, voire de l'*essai*.

UNE AUTOBIOGRAPHIE

« Nous appelons autobiographie le récit rétrospectif en prose que quelqu'un fait de sa propre existence, quand il met l'accent sur sa vie individuelle, en particulier sur l'histoire de sa personnalité » (Philippe Lejeune, *L'Autobiographie en France*, Armand Colin, 1998).

Première conception, première rédaction

C'est à Rome, en 1803, que Chateaubriand conçoit l'idée d'entreprendre les « Mémoires de [sa] vie ». Le terme d'*autobiographie* est alors inusité. Il n'apparaîtra dans la langue qu'au milieu du XIXe siècle (défini comme « biographie faite à la main ou manuscrite ») et il faudra attendre 1863 pour que Littré lui confère son sens moderne de « relation écrite de sa propre vie ». Auparavant, on parlait de *mémoires*, autrement dit de recueil de souvenirs[1], non sans

1. Acception étymologique, classique, du mot au masculin pluriel.

ambiguïté, le terme s'appliquant à un « ouvrage faisant le récit des événements dont on a été le témoin ». L'accent portera-t-il sur des souvenirs personnels, intimes même, ou sur les souvenirs engrangés dans la mémoire collective ? Sur le moi ou sur les autres ? Récits de vies singulières ou chroniques du temps ? La majorité des textes déjà publiés ne sont pas des autobiographies au sens moderne du mot : on ne les écrit ou ne les apprécie qu'à proportion de l'intérêt historique, politique, social des événements racontés, des personnages rencontrés, portraiturés par un témoin privilégié, plus ou moins acteur, représentant éminent d'une génération ou d'un groupe social particulier (ainsi des *Mémoires* du cardinal de Retz, des *Mémoires* de Saint-Simon[1]). Certaines œuvres, néanmoins, penchent vers l'autobiographie proprement dite, comme l'*Histoire de ma vie*, par Casanova[2].

Quand Chateaubriand annonce des « Mémoires de [sa] vie », c'est dans la perspective d'une écriture intimiste, de l'évocation d'une existence et même d'un cas unique, dans le sillage des *Confessions* d'un Rousseau, sans parler de celles d'un fort lointain devancier, saint Augustin[3]. Un tel titre – dont l'acception est laïque autant que chrétienne – postule qu'on avoue tout, qu'on dise la vérité de son être jusque dans ses facettes les moins avouables et qu'on aille jusqu'à battre sa coulpe. Or Chateaubriand se veut un anti-Rousseau : ni franchise impudique, encore moins cynique, ni réalisme trop cru ; discrétion absolue envers soi-même et envers les autres. Justification esthétique aussi, dans le prolongement du classicisme :

> Je ne dirai de moi que ce qui est convenable à ma dignité d'homme et, j'ose le dire, à l'élévation de mon cœur. Il ne faut présenter au monde que ce qui est beau (*Mémoires*, Première Préface).

Habitué à des confessions sans fard, voire provocatrices, le lecteur moderne regrettera peut-être ce souci, toujours visible dans

1. Voir note 2, p. 53.
2. Casanova (1725-1798) a écrit, en français, l'*Histoire de ma vie* entre 1791 et 1798.
3. Les *Confessions* de saint Augustin ont été écrites entre 397 et 401.

le texte définitif, de voiler quelque peu, de dissimuler parfois, les réalités quotidiennes, les aspects peu avantageux de toute existence humaine.

Une autobiographie psychologique

Quand le dossier est rouvert en 1809, après avoir été plus ou moins abandonné, il n'y a pas de changement d'orientation, mais un approfondissement du besoin d'introspection, d'expression de la vérité intérieure. Plutôt que « l'histoire de [sa] vie », l'écrivain fera « l'histoire de [ses] songes [...] de [ses] idées et de [ses] sentiments ». Il entend focaliser ses mémoires sur son moi profond :

> J'écris principalement pour rendre compte de moi à moi-même [...] Je veux, avant de mourir, remonter vers mes belles années, expliquer mon inexplicable cœur.

Le dessein personnel prime donc sur la relation d'une vie publique ou le témoignage historique. Le sujet essentiel est d'ailleurs l'enfance et l'adolescence à Combourg, cette fois sans médiation romanesque (à la différence de *René*). Aussi les trois premiers livres, et même toute la Première Partie, sont-ils une illustration exemplaire de la définition proposée par Philippe Lejeune.

Le « pacte autobiographique »

Telle est l'autre caractéristique, décisive et constitutive en dernier ressort du genre, soulignée par le même critique. La précédente définition de l'autobiographie comme « récit rétrospectif » pourrait en effet valoir pour les romans pseudo-autobiographiques, comme *Manon Lescaut* (1731) de l'abbé Prévost ou *La Religieuse* (posth. 1796) de Diderot, entre autres : un narrateur-protagoniste y raconte sa vie et parfois même l'auteur va jusqu'à prétendre que son récit n'est pas une fiction, mais un récit authentique (entendu, confié, retrouvé, adressé à un correspondant...), renvoyant à des faits et à des êtres réels. Romans déguisés en autobiographies, autobiographies camouflées en romans, les frontières s'effacent entre des genres aux contours incertains, sortes de vases communicants.

Un seul critère permettra donc de distinguer les vraies

autobiographies de leurs travestissements : le nom propre, sur la couverture et à l'intérieur du récit, l'identité entre l'auteur, le narrateur et le protagoniste. Ce n'est pas seulement *moi, je*, mais *je, soussigné*. Le pacte autobiographique est un véritable contrat de confiance – unilatéral, il est vrai, plus que bilatéral – entre l'auteur et son lecteur : nom du personnage = nom de l'écrivain. Il doit y avoir sur ce plan-là un engagement sans équivoque (pas de ruses à la manière de Proust). Tout au long de ses *Mémoires*, Chateaubriand ne cesse de renouveler le pacte scellé dans la Préface testamentaire : « Les Mémoires à la tête desquels on lira cette préface embrassent ou embrasseront le cours entier de ma vie [...] Je raconte [...] mon enfance, mon éducation, ma jeunesse, mon entrée au service. » Les prologues ou les débuts de livre, des remarques incidentes, la conclusion enfin constituent autant de rappels fermes de l'énonciation autobiographique : « J'ai commencé à écrire ces Mémoires à la Vallée-aux-Loups le 4 octobre 1811, j'achève de les relire, en les corrigeant à Paris, ce 25 septembre 1841 » (IV, p. 575).

Une vérité problématique

Outre le contrat d'identité scellé par le nom propre, un contrat d'authenticité repose sur un serment plus ou moins explicite : « Je jure de dire la vérité, toute la vérité, rien que la vérité. » Quels que soient les partis pris, de pudeur aristocratique chez un Chateaubriand, de franchise plébéienne chez un Rousseau – et tous deux, en fin de compte, gomment cet autre aspect du pacte : la nécessité de véracité ou de sincérité –, nombre de pièges guettent le genre autobiographique. En d'autres termes, non seulement la publicité conférée à une vie privée mais aussi et surtout la volonté de remonter le cours de cette vie, de reconstituer le passé et, en lui donnant un sens, d'en faire une destinée. Surgissent les défaillances ou les incertitudes de la mémoire, machine peu fiable, l'inévitable distance, pour ne pas dire le fossé (que l'humour comble, plus souvent qu'on ne le croit, chez Chateaubriand) entre le *je* qui écrit et le *je* d'autrefois, les censures et les déformations qu'opère l'inconscient (dont se délecteront les psychanalystes), la stylisation inhérente à toute écriture qui, choisissant, construisant, ornant ou embellissant, transforme une vie en texte, d'autant plus que l'œuvre se veut, littéraire, chef-d'œuvre même, apogée d'un art d'écrire.

Dernier point, capital : dans le passage à l'écrit la personne devient personnage, l'autobiographie roman, voire épopée. L'écrivain ne peut pas réorganiser sa vie, élaborer son récit de vie sans penser aux romans de formation, « aux gestes » héroïques : il y aura les « enfances » du protagoniste, ses épreuves qui sont des preuves, ses amours... jusqu'à cette mort que le point de vue d'« outre-tombe » offre aux vivants (ultime borne ou clé d'une existence désormais close, cohérente) – comme aux êtres de fiction le pouvoir du romancier.

Quand, de surcroît, l'autobiographie est celle d'un chef, d'un homme politique, d'un grand artiste, d'un acteur privilégié de l'Histoire, d'une figure exemplaire de la condition humaine, alors surgit le mythe : l'écrivain sculpte sa statue, prend des poses. La saisie du passé se fait en termes d'emprise, de maîtrise, de légende dorée. Chateaubriand sera tout à tour, à la faveur d'une théâtralisation, d'une mise en scène aussi fascinante que parfois agaçante, le cadet de famille noble, l'adolescent mal aimé, le défenseur fidèle des Bourbons, le porte-parole des aspirations modernes, le penseur et le rêveur, l'ambassadeur et le voyageur, le poète et le savant, le René du siècle ou de l'entre-deux-siècles, et même, le double, impérial, d'un Napoléon, romantique, d'un Byron...

DES MÉMOIRES

Dans le *Grand Dictionnaire universel du XIXe siècle* (1864-1876), l'article « Autobiographie » propose la distinction suivante : « L'autobiographie entre assurément pour beaucoup dans la composition des mémoires, mais souvent, dans ces sortes d'ouvrages, la part faite aux événements contemporains, à l'Histoire même, étant beaucoup plus considérable que la place accordée à la personnalité de l'auteur, le titre de mémoires convient mieux que celui d'autobiographie. »

Dessein nouveau, rédaction nouvelle

Quand Chateaubriand est rendu à l'oisiveté par la révolution de 1830, à l'âge de soixante-deux ans, ses *Mémoires* vont devenir, jusqu'à la fin de sa vie, son grand ouvrage. Il décide alors de compléter les pages déjà écrites, au prix d'un labeur de bénédictin (rédaction, remaniement de la composition, corrections, travail méticuleux du style) et, surtout, d'une réorientation fondamentale du projet. Les *Mémoires de ma vie* cèdent la place aux *Mémoires d'outre-tombe*, une œuvre nouvelle, à la croisée des deux genres, puisque l'auteur entend mener de front un récit autobiographique et une chronique de mémorialiste, entremêler à sa propre histoire « beaucoup d'histoire générale ». Ainsi le drame de sa vie reflétera-t-il le drame du siècle :

> Si j'étais destiné à vivre, je représenterais dans ma personne, représentée dans mes mémoires, les principes, les idées, les événements, les catastrophes, l'épopée de mon temps, d'autant plus que j'ai vu finir et commencer un monde et que les caractères opposés de cette fin et de ce commencement se trouvent mêlés dans mes opinions.

Une vie miroir donc, symbole de son époque. Les propos de 1832 réapparaîtront dans l'image de la Conclusion :

> Je me suis rencontré entre deux siècles comme au confluent de deux fleuves : j'ai plongé dans leurs eaux troublées, m'éloignant à regret du vieux rivage où j'étais né et nageant avec espérance vers la rive inconnue où vont aborder les générations nouvelles (IV, p. 602).

« Écrire l'histoire »

« J'ai fait de l'histoire et je pouvais l'écrire », affirme, avec une orgueilleuse concision, la Préface testamentaire, laquelle rappelle combien la vie privée de l'auteur fut aussi une vie publique, ayant exercé une triple influence, religieuse, politique et littéraire. La Première Partie des mémoires définitifs relève pour l'essentiel du registre autobiographique. Elle n'en contient pas moins des pages d'histoire : tel aperçu sur les mœurs de la cour (p. 168), tel coup d'œil sur l'histoire de la monarchie (p. 191), telle relation des troubles révolutionnaires (p. 212), telle présentation des « États-Unis aujourd'hui » (p. 344), tel ou tel portrait d'homme célèbre (Mirabeau, voir Lecture analytique 5 ; le général Washington). Dans ce que le mémorialiste appelle des « incidences », la dimension autobiographique s'efface totalement au profit d'analyses ou de sortes d'états des lieux, historiques, politiques, littéraires, comme dans le livre XII, consacré à la société anglaise (à la manière d'un Voltaire), même si le parallèle entre Chateaubriand et lord Byron (p. 510) renoue avec le fil autobiographique.

Pour ce qui est des Deuxième et Troisième Parties, force est de constater la prééminence des mémoires historiques et politiques. La vie individuelle, objet de l'autobiographie, y laisse souvent la place à l'action du mémorialiste sur les hommes et les nations, qu'il soit pair de France, ambassadeur à Berlin, ministre des Affaires étrangères en charge de la guerre d'Espagne de 1823, représentant de la France au congrès de Vienne, témoin ou acteur dans l'élection d'un pape, polémiste pourfendeur de la tyrannie et défenseur des libertés ou, comme on dirait aujourd'hui, intellectuel engagé, maître à penser, politologue ou historien-philosophe. Il arrive même qu'on sorte autant des mémoires historiques que de l'autobiographie avec l'exorbitante partie (six livres) consacrée à la biographie de Bonaparte, aux péripéties du Consulat, de l'Empire, des Cent-Jours, et bâtie – le narrateur n'ayant rien vu ni vécu de façon directe – sur une compilation de mémoires écrits par de véritables témoins ou acteurs. Même effacement du moi, même absence de l'autobiographie dans la biographie de Madame Récamier (un livre entier) que Chateaubriand fera disparaître à l'occasion d'une révision, parce que, sans doute – entre autres raisons –, il a dû penser que ces pages ne relevaient ni du récit personnel ni d'un travail d'historien.

Autobiographie intimiste, mémoires, études ou essais historiques, on retrouve ces trois facettes de l'œuvre dans une Quatrième Partie qui recourt de surcroît à une autre forme d'écriture, celle du journal (la critique moderne parle volontiers de *diaristes* à propos de ceux qui relatent au jour le jour pensées ou événements personnels).

Le journal intime

Apparu à la fin du XVIIIe siècle et constitué en genre – auquel les historiens rattachent les *Essais* de Montaigne – au cours du XIXe siècle, le journal intime paraîtra aux Goncourt une « autobiographie au jour le jour » en raison de la fragmentation de l'énoncé par journées. Son contenu, le moi intérieur plutôt que public ou officiel, et son but, la connaissance de soi (au seul service de la conscience de soi), le rapprochent des « Mémoires » ou « Histoire de ma vie », et aussi bien, dans une certaine mesure, des mémoires historiques puisque, sous la plume d'individus plus ou moins en vue, plus ou moins mêlés à leur temps et à la société, on trouve des anecdotes, des portraits, des esquisses de descriptions, de dialogues... Enfin, l'habitude acquise de considérer le journal intime comme une œuvre à part entière, digne de la publication, peut conférer au simple repérage du temps privé une stylisation artistique : « Votre journal, dira Gide à un confrère écrivain, est une œuvre, votre œuvre. » Le mot conviendrait sans restriction à la Quatrième Partie des *Mémoires d'outre-tombe*, la plus complexe de toutes, dans son extraordinaire mélange des genres et des styles.

Une éphéméride

Par l'évocation des mémoires-journaux ou éphémérides de Pierre de l'Estoile, un contemporain de Henri IV (IV, p. 11 et 12), Chateaubriand annonce un changement d'écriture. Au lieu d'un récit rétrospectif, il proposera une relation, quasiment au jour le jour, au présent, des « choses du moment actuel de [sa] vie », c'est-à-dire, pour l'essentiel, les deux voyages à Prague et le séjour en Italie, à Venise en particulier, que le mémorialiste se voit contraint de faire pour soutenir la cause de la duchesse de Berry :

> Je ferai connaître ces choses par les lettres qu'il m'arrivera d'écrire sur les chemins et pendant mes divers séjours; je lierai les faits intermédiaires par un journal qui remplira les temps laissés entre les dates de ces lettres (IV, p. 21).

Dans l'urgence et le tourbillon d'une dernière aventure, politique (« Je fais de l'histoire en calèche »), qui tient à la fois du drame et de la farce, le mémorialiste s'abandonne à la spontanéité, à l'instantanéité, au fil de ses pérégrinations : « Journal de Paris à Lugano... Journal de Paris à Prague, du 14 au 24 mai 1833... Journal de Carslbad à Paris... » Les personnes ou les silhouettes rencontrées, les choses vues, les paysages, les méditations, tout est emporté dans une écriture qui finit par produire un genre nouveau. Récit disparate, éclaté, reflétant le désarroi d'un écrivain-narrateur désormais mis en disponibilité par une histoire médiocre, par une cause condamnée, exilé dans sa vieillesse, entraîné vers l'ailleurs de la mort? Suprême réussite au contraire, se manifestant dans la libération du regard et de la parole, dans le renouveau énergétique d'un style plus original, plus varié, plus audacieux que jamais, mêlant tous les registres, symphonie intarissable aux multiples harmoniques.

3 L'architecture des *Mémoires*

Quatre gros tomes, de quelque six cents pages et plus chacun. Une sorte de somme autobiographique, une variété presque infinie de scènes, un étonnant « mélange » – selon le mot même de l'auteur – de genres, de registres ou de styles. Et, au cœur de cette diversité, une profonde unité.

UN TEXTE-MONUMENT

« Monuments commémoratifs », tel est, venu du latin, l'un des sens du mot *mémoires*. Pour rendre compte de la soigneuse composition de son œuvre, Chateaubriand use volontiers d'images empruntées à l'architecture et à la peinture :

> Il m'est arrivé ce qui arrive à tout entrepreneur qui travaille sur une grande échelle : j'ai, en premier lieu, élevé les pavillons des extrémités, puis, déplaçant et replaçant çà et là mes échafauds, j'ai monté les pierres et le ciment des constructions intermédiaires. On employait plusieurs siècles à l'achèvement des cathédrales gothiques. Si le ciel m'accorde de vivre, le monument sera fini par mes diverses années; l'architecte, toujours le même, aura seulement changé d'âge. (II, p. 10.)

Il lui arrive aussi de parler des « murs et charpentes » de son « édifice ». Vers 1833, il rêve d'emporter ses *Mémoires,* « sinon perfectionnés du moins achevés », en Italie où, en attendant la mort, il s'adonnera à la décoration du monument, dont il « peindr [a] les intérieurs », ornera « les plafonds et les murs ». Proust ne concevra pas autrement le travail d'écrivain.

Livres et chapitres

La linéarité chronologique de l'autobiographie va de pair, sous la plume de Chateaubriand, avec une division du texte en livres, eux-mêmes divisés en chapitres. Titres et sommaires, de la main de l'auteur, aident le lecteur à se repérer dans le flux des scènes ou des souvenirs. Dans les trois premiers livres, par exemple, sont nettement soulignées par ce procédé les différentes étapes de la jeunesse, isolés les moments forts, les expériences marquantes : le livre I évoque la famille, les ancêtres, la prime enfance; le livre II, le collège de Dol et les vacances à Combourg; le livre III, les délires, les rêveries amoureuses de l'adolescence, livre à l'intérieur duquel la segmentation en chapitres confère des airs de poèmes en prose aux « joies de l'automne », à l'« incantation ». En sertissant ainsi les joyaux de son récit, Chateaubriand accomplit un travail d'orfèvrerie et pas seulement de mémoire. Ou bien encore les deux derniers livres de la Quatrième Partie, livres de portraits et d'esquisses, sont terminés par un chapitre sur les femmes de lettres contemporaines (dont George Sand, principal modèle), que l'écrivain groupe comme des « anges appuyés sur la bordure de [son] tableau » (p. 543).

Quatre « carrières »

Une voûte à quatre coupoles, s'appuyant sur les piliers que constituent les livres, vient couronner l'édifice, le mémorialiste ayant voulu diviser l'ensemble en quatre parties, qu'il appelle ses « carrières » (à la fois les quatre *espaces* successifs, de temps, qu'a dû parcourir sa vie, et les quatre *voies* ou vocations dans lesquelles s'est engagée cette même vie). La Préface testamentaire, écrite en 1839, ne parle que de trois « carrières » – ou encore d'un « drame en trois actes » : la première, du « voyageur »; la deuxième, du « littérateur »; la troisième, de l'« homme d'État ». Mais Chateaubriand continuera à vivre après la chute de la monarchie, et il lui faudra ajouter une « quatrième et dernière carrière, mélange des trois précédentes ». L'œuvre, avec ces découpures profondes, aura alors acquis la netteté, l'équilibre d'une architecture classique. Il est vrai que l'écrivain, pressé par les embarras et les péripéties de la publication, finira par effacer les grandes lignes majestueuses pour ne garder que la subdivision en livres (quarante-trois, si l'on compte la Conclusion pour un livre). L'édition dite du centenaire, que d'aucuns contestent puisqu'elle ne représente pas le dernier état du texte, a pris le parti de rétablir la quadruple perspective d'ensemble.

UNE « UNITÉ INDÉFINISSABLE »

Échos et reflets

Des structures moins voyantes assurent la cohérence des *Mémoires*. Un fréquent va-et-vient entre le passé et le présent de l'écriture entend manifester la continuité, pour ainsi dire souterraine, d'une existence en apparence émiettée, soumise en tout cas à la loi du changement :

> Les *Mémoires*, divisés en livres et en parties, sont écrits à différentes dates et en différents lieux : ces sections amènent tout naturellement des espèces de prologues qui rappellent les accidents survenus depuis les dernières dates ou peignent les lieux où je reprends le fil de ma narration.

Ainsi à la Vallée-aux-Loups (I, p. 13), à l'infirmerie de Marie-Thérèse (IV, p. 161)... S'instaure, se poursuit un incessant dialogue entre les diverses époques du moi :

> Les événements variés et les formes changeantes de ma vie entrent ainsi les uns dans les autres : il arrive que, dans les instants de mes prospérités, j'ai à parler du temps de mes misères, et que, dans mes jours de tribulations, je retrace mes jours de bonheur. Les divers sentiments de mes âges divers, ma jeunesse pénétrant dans ma vieillesse, la gravité de mes années d'expérience attristant mes années légères; les rayons de mon soleil, depuis son aurore jusqu'à son couchant, se croisant et se confondant comme les reflets épars de mon existence, donnent une sorte d'unité indéfinissable à mon travail : mon berceau a de ma tombe, ma tombe a de mon berceau. (Préface testamentaire, p. 5.)

L'impression majeure du lecteur est d'entendre une symphonie où les instruments se font écho, où les airs disparaissent et réapparaissent, où les leitmotive s'accompagnent de multiples variations : le thème de la Sylphide court d'un bout à l'autre de l'œuvre; celui de Combourg pareillement, qui repose sur une véritable fixation psychique, jusque dans des détails comme les roseaux et les hirondelles d'un paysage natal devenu paysage mental (voir ci-dessous « Le traitement du temps et de l'espace », p. 92-93). Un maître en matière de palimpsestes et de réminiscences ne cesse de jouer avec les superpositions, les surimpressions des temps et des lieux.

Une composition circulaire

Enfin, l'image architecturale des « pavillons des extrémités » (I et IV), avec un corps de bâtiment intermédiaire (II et III), rend compte d'une conception de la vie et d'une composition esthétique qui associent étroitement la jeunesse et la vieillesse, en une expérience explicite de retour : du présent vers le passé, du passé dans le présent. La dernière partie, sorte de miroir éclaté de la première – et de toute l'œuvre – fait chatoyer d'innombrables reflets : à Venise, un coucher de soleil sur le Grand Canal emporte vers les « savanes floridiennes » (p. 337); le beurre frais du petit-déjeuner sur le quai des Esclavons, le nom même des Vénètes finissent par ressusciter la Bretagne (p. 358-359); la solitude et la liberté du voyageur, au milieu des orages alpins, ramènent à la jeunesse exaltée (p. 115)...

On dirait les arches d'un pont, jetées d'un livre à l'autre, d'un moment de cette vie à un autre, et, plus encore qu'une continuité, se programme une circularité :

> Retourné à mes instincts primitifs, je redeviens libre et voyageur : j'achève ma course comme je la commençai. Le cercle de mes jours qui se ferme, me ramène au point de départ (IV, p. 11).

Ainsi se reconstruit la permanence ou plutôt la totalité du moi intime.

4 Le traitement du temps et de l'espace

« Ma mémoire est un Panorama : là viennent se peindre sur la même toile les sites et les cieux les plus divers avec leur soleil brûlant ou leur horizon brumeux » (IV, p. 305). À la mode au XIXe siècle, les panoramas étaient des vues d'ensemble (sens étymologique), des représentations circulaires sur des toiles peintes – le spectateur étant situé au centre – de capitales ou de vastes paysages du globe. Chateaubriand reprend la métaphore en disant, à propos des souvenirs, sortes de flashes (événements, scènes du passé historique autant que de sa propre vie) qui s'imposent à lui en telle ou telle circonstance, qu'« ils venaient s'appliquer sur [sa] mémoire comme les tableaux d'un optique sur une toile » (p. 251).

La mémoire panoramique de l'écrivain – celle, plus ou moins, de tout autobiographe – est à ce point voyageuse dans le temps et dans l'espace qu'elle tient déjà du cinéma, puisque non seulement elle fait défiler dans un perpétuel mouvement, en accéléré souvent, les époques, les lieux, les êtres et les choses, mais aussi et surtout les fait aller et venir, s'empiler en strates, se chevaucher, se confondre même. Ce sont ces palimpsestes chronologiques et spatiaux, ce feuilleté existentiel, qui caractérisent les meilleures pages des *Mémoires*, principalement dans la Quatrième Partie – la plus nostalgique – quand le récit fragmenté du journal se substitue à la linéarité narrative du récit rétrospectif, laquelle prédomine dans la Première Partie.

TEMPS EXTÉRIEUR, TEMPS INTÉRIEUR

Il y a le temps extérieur, « milieu » où paraissent se dérouler de façon irréversible les existences, et le temps intérieur, psychologique ; le temps historique, des sociétés et des civilisations, et le temps personnel, intime, des individus. Pour Chateaubriand, le devenir du moi et le devenir des collectivités sont soumis à la même loi, universelle : « Tout change à tout moment et à toujours » (IV, p. 399). Cette catégorie du changement constitue le motif clé des *Mémoires*.

Temps extérieur, temps historique

Plus que d'une relation des événements qui façonnent l'histoire, l'œuvre se nourrit d'une philosophie de l'histoire. L'idée de changement, de devenir, de décadence aussi et, en dernier ressort, d'anéantissement – puisque le thème du temps est lié à celui de la mort –, est au cœur de la philosophie chateaubrianesque : tout passe, tout disparaît, tout se dégrade et dégénère : « À l'époque actuelle tout est décrépit dans un jour, qui vit trop meurt vivant » (II, p. 664). Les mots qui obsèdent l'esprit et la plume du mémorialiste, pour caractériser le procès temporel, sont « transformation » et « changement », le premier s'appliquant à l'évolution qui au sein du « même » fait apparaître l'« autre » et dans l'« ancien » le « nouveau » (quatre mots ressassés) ; le second s'appliquant au résultat final du premier, lui-même amorce du processus à l'infini répété. Innombrables aussi, dans le lexique du chroniqueur, les *commencer, encore, finir, naître, mourir*...

Cette obsession du changement, sans aucun doute exacerbée par les bouleversements sociopolitiques de l'époque, conduit le penseur à privilégier soit l'aspect positif du phénomène, l'avènement d'une ère nouvelle sur les décombres de l'ancien monde, observé par le voyageur dans la jeune Amérique – « république d'un genre inconnu annonçant un changement de l'esprit humain » – et souhaité pour la vieille Europe dans la Conclusion des *Mémoires* ; soit son aspect négatif, le changement n'étant qu'une « dégénération » ou une accumulation de morts et de disparitions (et c'est la litanie des « ne... plus »). Pour expliquer le mécanisme de la durée, les mutations à l'œuvre dans l'histoire, la dialectique de Chateaubriand oscille entre une implacable fatalité ou un hasard aveugle d'un côté, et de l'autre une intelligence, un « esprit principe », un « génie » : « Dans une société qui se dissout et se recompose, la lutte de deux Génies, le choc du passé et de l'avenir, le mélange des mœurs anciennes et des mœurs nouvelles... » (I, p. 231), une Providence dont « l'action cachée » se sert de la liberté humaine pour transformer le devenir des sociétés en lendemains de progrès et d'assomption : « L'idée chrétienne est l'avenir du monde » (IV, p. 96).

L'usure de l'Histoire

Dans maintes pages de la dernière partie, sorte d'immense élégie où retentissent les motifs de la vieillesse, de la mort, de l'irrémédiable usure des êtres et des civilisations, l'emporte la conception pessimiste du devenir historique. La Restauration, la monarchie de Juillet ne sont que les contrefaçons minables d'un passé illustre : 1830 répète 1789 sur le mode du dérisoire ou du grotesque, les fresques épiques ou les tableaux tragiques des Première et Deuxième Parties cèdent la place à la peinture mi-pathétique mi-satirique de la royauté en exil, à la rocambolesque aventure, tournant à la farce ou à la mascarade, de la duchesse de Berry, et même à l'emprisonnement sans gloire (« courte épreuve ») du mémorialiste dans les geôles louis-philippardes, qui n'ont rien de commun avec celles de la Terreur ou avec les plombs[1] de Venise. Aux portraits d'un Mirabeau, d'un Danton, d'un Bonaparte, succèdent les caricatures grinçantes des « avortons de Juillet » : un « Monsieur Thiers », un « Philippe narquois et rusé [...] potentat des barricades », un « Monsieur de Talleyrand » dont la « momie » est le digne « représentant de la Royauté-cadavre qui nous régit » (IV, p. 565). La France révolutionnaire n'est plus qu'une France dégénérée :

1. Voir note 1, p. 55.

> Dans ce pays fatigué, les plus grands événements ne sont plus que des drames joués pour notre divertissement : ils occupent le spectateur tant que la toile est levée et, lorsque le rideau tombe, ils ne laissent qu'un vain souvenir.

À cette médiocre comédie de l'histoire contemporaine une génération perdue assiste, emprisonnée dans « une inquiétude aussi improductive que sa superbe est vaine ».

Temps intérieur, temps intime

La philosophie de l'histoire orchestre de grands lieux communs. L'expérience personnelle, intime, de la durée, du temps qui passe, dicte à Chateaubriand des pages plus lyriques, ainsi qu'une conception autrement plus neuve du moi. Au niveau des existences individuelles, même loi du changement, même fragilité des formes ou des incarnations, même litanie des « ne... plus », des « ne... que », des « Que sont devenus... ? » La vie n'est que mobilité, « inconstance », fuite incessante des années, des mois, des jours, des heures, des minutes. L'anthologie serait copieuse des phrases aussi lapidaires que désenchantées :

> Tous tant que nous sommes, nous n'avons à nous que la minute présente.
> Tous mes jours sont des adieux.
> Combien rapidement et que de fois nous changeons d'existence et de chimère [...] L'homme n'a pas une seule et même vie, il en a plusieurs mises bout à bout, et c'est sa misère. (I, p. 137.)

Là encore domine le vocabulaire de la rupture, de l'effacement, de la perte. Non seulement « le temps emporte et sépare les voyageurs sur la terre, plus promptement encore que le vent ne les emporte et ne les sépare sur l'océan », mais en outre le temps ne cesse de séparer chaque voyageur de lui-même. Chateaubriand devance Proust en montrant que l'individu n'a pas une vie faite de continuité, de solide permanence, mais une vie comme en pointillé, faite, dans sa durée, d'états, de sentiments, de moi innombrables et différents, voire antagonistes. Moi « défunts », moi « nouveaux » : réalité à la fois biologique et psychologique. Vivre, c'est durer, et durer, c'est passer, changer, et enfin trépasser (mort ultime après tant de petites morts enchaînées les unes aux autres). Quoi de commun entre l'adolescent de Combourg et l'ambassadeur de Louis XVIII ? Entre même l'enfant et l'adolescent, ou bien entre le jeune homme qui a aimé Charlotte Ives et l'homme fait qui la revoit bien des années après : « Premier amour de ma jeunesse, vous fuyez avec vos charmes » (I, p. 461).

Le « Juif errant »

Si l'individu ne s'aperçoit pas du travail destructeur qu'accomplit le temps à l'intérieur de lui-même comme sur les autres et sur le monde extérieur, qu'il fasse des pèlerinages aux lieux qu'il a connus : les demeures disparaissent, la maison natale de Saint-Malo est transformée en auberge... Aussi le cœur, qui ne prête jamais à son possesseur que des moi furtifs, précaires, ne peut-il être que « vide et solitaire », habité par l'ennui ou la tristesse.

L'image du chevalier ou du Juif errant résume cette fuite du moi qui échappe sans cesse à lui-même. Rendent compte également du changement des jours, des naufrages du moi, les métaphores, fréquentes, de l'eau, de la mer, de la poussière ou du sable : « Navigateur, mes destinées ont eu l'inconstance de ma voile; alcyon[1], j'ai fait mon nid sur les flots » (Préface testamentaire); ou, dans la Première Partie : « J'allais quitter ma patrie pour émietter mes jours en divers climats »; ou bien encore cette comparaison renouvelant l'avertissement biblique :

> À mesure que ces *Mémoires* se remplissent de mes années écoulées, ils me représentent le globe inférieur d'un sablier constatant ce qu'il y a de poussière tombée de ma vie; quand tout le sable sera passé, je ne retournerai pas mon horloge de verre, Dieu m'en eût-il donné la puissance.

Le passé, la vie tout entière d'un homme ne sont que des particules mortes.

1. *Alcyon* : oiseau fabuleux qui, d'après la mythologie grecque, faisait son nid sur la mer, et dont la période de couvaison amenait sur les flots un calme continu.

PAYSAGES EXTÉRIEURS, PAYSAGES INTÉRIEURS

À propos du mécanisme de la remémoration qui, sans trêve, lui fournit des représentations comme « rapetissées et noircies » des sites, des paysages, des monuments qu'il a pu voir par le passé, Chateaubriand évoque une expérience d'optique courante à l'époque – peu avant l'invention de la photographie (en 1839) – et consistant à recueillir des images dans une « chambre obscure » (IV, p. 291). L'espace, de même que le temps, passe par cette sorte de creuset intérieur que constituent tout à la fois une conscience et une écriture, une perception intime et une création littéraire : dans la « chambre obscure » du moi, l'art et la mémoire sont à l'œuvre.

La description

La description du monde extérieur tient une grande place dans les *Mémoires*, où l'on trouve d'innombrables paysages, au sens pictural du terme, lesquels témoignent d'une observation aiguë, d'un réel amour de la nature et d'un esthétisme raffiné, sans oublier le besoin, toujours impérieux chez Chateaubriand, de mêler aux plaisirs des perceptions – de la vue en particulier – les jouissances ou les rêves du cœur amoureux :

> Ce ne sont pas les montagnes qui existent telles qu'on croit les voir alors, ce sont les montagnes comme les passions, le talent et la Muse en ont tracé les lignes, colorié les ciels, les neiges, les pitons, les déclivités, les cascades irisées, l'atmosphère floue, les ombres tendres et légères : le paysage est sur la palette de Claude Lorrain, non sur le Campo Vaccino. (IV, p. 127.)

Pour *faire voir*, à la manière d'un peintre, le descripteur fixe d'abord l'architecture du site, puis au relief ajoute des couleurs vives, contrastées, éclaire le tout d'une lumière soigneusement notée, anime même le tableau par des vols d'oiseaux, des nuées mouvantes. Il use d'un vocabulaire descriptif précis ou imagé, non sans recourir à des mots rares ou techniques : les collines sont « surfacées d'herbages et de sapinières », les bruyères « guirlandées de bois », des bâtiments « pyramident », des saules sont « festonnés de vignes »... L'excellence du peintre se manifeste surtout dans les couleurs et dans les nuances : en Amérique, les oiseaux « marbraient de blanc, de noir et de rose le fond vert de la savane »; à Prague, les montagnes « portaient leur ombre noire sur un tapon de maisons chaudronnées[1] », les ancolies de l'automne sont « safranées », telle « lueur » est « scarlatine »... On trouvera ramassés les procédés descriptifs de l'auteur dans des morceaux fameux comme « le printemps en Bretagne » (I, p. 59), « l'île Graciosa » (p. 262), la « nuit dans les forêts » américaines (p. 302), ou encore telle « description de Lugano » (IV, p. 122), tel « lever du soleil sur la plaine de Salzbourg » (p. 461).

Des paysages états d'âme

Ces paysages littéraires cèdent sans aucun doute à la tentation de la poésie descriptive (qui n'est pas encore passée de mode), au goût du pittoresque ou de la couleur locale (chère aux romantiques), mais l'essentiel, leur véritable charme, résident dans leur intériorité. Pour un Chateaubriand, la beauté « est aux lieux où l'âme est enchaînée », et « tout paysage a une âme ». La description objective, impersonnelle, n'existe pas en art, et quand l'écrivain s'essaie au réalisme de « l'école littéraire moderne », dans l'inventaire qu'il dresse de sa chambre d'auberge à Waldmünchen (IV, p. 200), c'est pour le tourner en dérision. La nature, les lieux, les choses seront toujours décrits dans une perspective relative à l'individu : paysage extérieur et paysage intérieur se doivent mutuellement leur existence ou plutôt n'en forment qu'un seul, façonné par les songes et les obsessions intimes.

Outre la fabulation romanesque et amoureuse qu'illustrent au mieux les pages dédiées à la Sylphide, c'est la méditation mélancolique sur la cruauté du temps, de la mort et de l'oubli qui « enténèbre » si souvent – pour reprendre un mot aimé de l'écrivain – ou recouvre d'un voile funèbre les paysages, les panoramas, les

1. *Chaudronnées* est un néologisme.

villes, telles Rome et Venise, des *Mémoires*. Un espace-temps se creuse, s'ouvre, sorte d'abîme, sous les yeux de l'auteur et de son lecteur : « J'ai vu changer cette plaine ; que n'ai-je vu changer ! » (IV, p. 134). L'historique de la plaine de Montrouge, où se promène Chateaubriand, déroule les métamorphoses successives du lieu, depuis ses moulins et ses carrières jusqu'à ses guinguettes, son village et, pour finir, ce cimetière moderne « où la mort porte chaque jour le grain qu'elle a recueilli », et qui constitue l'aboutissement logique de l'inéluctable durée.

Même complainte ou pente de la rêverie devant les montagnes entourant le lac de Lugano (p. 124) : le site rappelle à l'éternel errant l'archipel des Açores ; proche de l'Italie, il fait songer aussi à la « terre classique et historique où Virgile et le Tasse ont chanté, où tant de révolutions se sont accomplies ». Au-delà des montagnes, il y a Naples, la Sicile, la Grèce, la Syrie... qu'a visitées naguère le voyageur et, puisque la vie n'est qu'un voyage, n'est-ce pas dans cette Italie voisine que le mémorialiste compte terminer ses jours et mourir ?

On voit combien de filtres ou d'écrans successifs, superposés plutôt, viennent s'interposer entre le paysage réel et l'œil, l'esprit du songeur : celui de la mémoire, celui de la culture, celui surtout d'une hantise de la mort avec, pour couleur commune, le temps qui passe, temps historique et temps individuel, le temps en somme de l'existence.

LES PROFONDEURS DE L'ESPACE TEMPS

« Ma mémoire oppose sans cesse mes voyages à mes voyages, montagnes à montagnes, fleuves à fleuves, forêts à forêts, et ma vie détruit ma vie. Même chose m'arrive à l'égard des sociétés et des hommes. » (IV, p. 118). Le trait le plus frappant pour le lecteur des *Mémoires d'outre-tombe* est cette véritable manie qui, chez l'auteur, consiste à ne pas voir un lieu sans se souvenir d'un autre lieu, à ne pas vivre un moment sans revivre un autre moment :

> Le mouvement de l'imagination de Chateaubriand est toujours commandé par la même pente : sur toute scène, sur tout paysage, sur tout haut lieu affectif qu'elle se propose, elle fait glisser successivement, comme autant de négatifs, une, puis deux, trois, quatre lames superposées aux couleurs du souvenir[1].

Mémoire volontaire, mémoire involontaire

Sites, oiseaux, vents, fleurs, fleuves sont autant de signes mémoratifs – et on pourrait continuer la liste à l'infini. En traversant le Danube, le voyageur s'écrie : « Que m'a servi de boire aux eaux du Meschacebé, de l'Éridan, du Tibre, du Céphise... ? » (IV, p. 184). Presque toujours le paysage du souvenir est rendu présent grâce à quelque affinité avec le paysage actuel : les mêmes étoiles contemplées rappellent les nuits à Sparte, dans les bois de l'Allemagne, dans les bruyères de l'Angleterre (I, p. 341).

Ces jeux de chronologie sont conscients, dictés par la mémoire, volontaire – et façonnée de surcroît à ces jeux –, de l'autobiographe, par une érudition qui aime à plonger dans les profondeurs du passé historique et ne peut voir un lieu, une ville, un monument sans évoquer les drames ou les gloires d'antan (ainsi de la méditation automnale dans le parc de Maintenon, IV, p. 487). Ils sont dictés aussi par une écriture qui se plaît à jongler avec les dates, à transformer les bonds dans l'espace et le temps en sauts dans l'espace du texte et le temps de sa rédaction. Tel prologue (I, p. 248) est daté d'avril 1822 : Chateaubriand est alors fêté, à Londres, comme ambassadeur du roi de France. Aussitôt il se remémore son départ pour Londres comme pauvre émigré en 1793, mais les temps du passé, pour ce qui regarde les événements de 1822, prouvent que le prologue a été écrit après 1830 (et l'édition originale dira qu'il a été revu en 1848) : trois, voire quatre couches de temps superposées.

À côté de la mémoire volontaire, la mémoire involontaire, affective – la découverte proustienne a son intercesseur –, sorte de talisman

1. J. Gracq, Préface à l'édition du Centenaire des *Mémoires d'outre-tombe*, éd. citée.

qui fait surgir la réminiscence et coïncider, de façon brusque et inattendue, le passé et le présent, à la faveur d'une sensation identique (visuelle, auditive, olfactive), comme en témoignent l'épisode de la grive de Montboissier (voir Lecture analytique 4, p. 134), l'évocation des fèves en fleurs de l'île Saint-Pierre (I, p. 267), l'hirondelle de Bischofsheim (IV, p. 297), les corneilles de la Bohême (IV, p. 464) ou même le « je ne sais quoi » rappelant « le joli village de Plancoët » (p. 462)...

Temps retrouvé, temps perdu

Ces phénomènes de télescopage entre le passé et le présent que provoquent souvenirs et réminiscences sont ambigus. D'un côté, ils peuvent être interprétés comme signes de l'écoulement fatal du temps : « en fouillant [sa] mémoire », Chateaubriand retrouve derrière les peupliers d'un coin d'Allemagne ceux de la route qui l'emmenait chez Mme de Beaumont, morte comme d'autres amis de ce temps-là (IV, p. 289).

D'un autre côté, puisque « sans la mémoire nous ne serions rien », se révèle une permanence du moi temporel (passé et présent, voire futur), du moi voyageur, du moi écrivant : un fil semble relier les uns aux autres les moi successifs, les âges divers d'une vie; échos, correspondances ou contaminations ont pour ainsi dire une vertu syncrétique. Néanmoins, ce qui différencie Chateaubriand d'un Proust, c'est le vertige angoissé, une prise de conscience accrue de la distance qui sépare l'individu de sa vie passée, de lui-même. Le temps est davantage perdu que retrouvé.

5 Le poète et la mort

« Ces mémoires seront un temple de la mort élevé à la clarté de mes souvenirs » (I, p. 15) : ainsi se sont rêvés les *Mémoires d'outre-tombe*.

Toute autobiographie s'inscrit entre deux moments qui échappent à l'individu : sa naissance, dont il ne peut avoir souvenir, et la mort, cette grande inconnue. Chateaubriand d'emblée étend l'ombre de celle-ci sur celle-là (« Que ne me laissait-on mourir ? », I, p. 31) et anticipe de façon fantasmatique sur sa propre fin dans l'évccation macabre de ses « restes » dès l'Avant-propos (p. 9) et dans l'image finale de la Conclusion. Tout au long de l'œuvre, la mort ne cessera pas d'être rappelée, annoncée comme programme d'écriture (jusque dans le titre), invoquée comme la plus sûre source d'inspiration. Tel un majestueux cénotaphe, les *Mémoires* sont drapés de noir.

LE TRIOMPHE DE LA MORT

Parmi les allégories qu'on rencontre, nombreuses, dans l'œuvre, ne pouvait pas ne pas figurer l'inévitable faucheuse, soit qu'elle se glisse dans telle ou telle famille (« J'ai vu la mort entrer sous ce toit de paix et de bénédiction », I, p. 37), soit qu'elle accumule les victimes dans une épidémie de choléra :

> Qu'est-ce que cette grande mort noire armée de sa faux, qui, traversant les montagnes et les mers, est venue comme une de ces terribles Pagodes adorées au bord du Gange, nous écraser aux rives de la Seine sous les roues de son char ? (IV, p. 62).

Remonter, dans une autobiographie, le cours de sa vie – surtout si elle se fait longue –, c'est retrouver des morts, ses morts, et

Chateaubriand n'hésite pas à comparer sa vie à un « obituaire[1] ». Se succèdent, au fil des pages, les morts des proches, des êtres chers, des femmes aimées, des grands de ce monde aussi, tous emportés, à la manière des fresques médiévales, dans une macabre farandole. Outre les tourments du deuil, ces morts suscitent rêveries funèbres et méditations philosophiques ou historiques. Celles-ci deviennent, parfois, pierres angulaires de l'œuvre. Ainsi, dans la Première Partie, les actes de décès de Monsieur et Madame de Chateaubriand (p. 156) disent la fin d'un monde, le « décès du siècle ». La mort de la mère ramène le fils impie à la religion et le pousse à écrire *Le Génie du christianisme*; la mort d'un frère, sur l'échafaud, signe la disparition d'une classe sociale.

Dans la Deuxième Partie, les pages consacrées à la mort de Pauline de Beaumont (p. 110) mettent en scène le drame universel de l'agonie autant que l'anéantissement d'un être : mort exemplaire et avertissement salutaire, puisque surgit sur ce tombeau l'idée d'écrire les *Mémoires de ma vie*. Dessein que ne peut que renforcer la mort de Lucile (p. 203), avec qui disparaît pour toujours « l'enfance au milieu de [la] famille ».

De telles pages révèlent l'une des fonctions possibles de l'autobiographie, qui est de perpétuer, outre le sien, le souvenir des êtres disparus, de les faire revivre dans et par l'écrit, en racontant leurs joies ou leurs peines, en citant, au besoin, leurs propos ou leurs lettres, même si l'impitoyable lucidité de Chateaubriand sait la vanité de l'entreprise, puisque pour le moi survivant les Mémoires sont des tombeaux voués tôt ou tard à la destruction et à l'oubli.

---

1. *Obituaire* : registre des décès. Un *obit*, au sens latin du terme, c'est un « service anniversaire pour un mort ». Un obituaire, ce sera même, à la fin du XIXe siècle, une morgue.

L'adolescent avait cédé au vertige de la mort en tentant de se suicider. L'adulte, au déclin de son âge, s'abandonne sans retenue, dans la Quatrième Partie, à ses obsessions morbides, comme possédé de son vivant par la mort. Le motif du temps qui passe, engloutissant les êtres et les choses, de la déchéance physique des individus et de la décadence des civilisations, de l'universel anéantissement, les premiers livres l'orchestrent déjà . ainsi, dans l'évocation de la nuit solitaire, passée tout entière parmi les tombeaux de Westminster (I, p. 441), ou dans la lugubre méditation – au beau milieu de l'exubérance de la nature américaine – sur « la vie [...] peste permanente [...] chaîne de deuils et de funérailles » (p. 330). Et le leitmotiv lancinant de l'œuvre sera le « vanité des vanités » de l'Ecclésiaste[1] ou encore le *memento mori*[2].

Mais c'est dans les derniers livres, quand la vieillesse rapproche peu à peu l'écrivain de sa propre fin, que culmine cette hantise de la mort, des autres et de soi-même. Sur tous les visages, sur tous les paysages, à la moindre occasion, apparaît, comme en surimpression, le spectre macabre. Lors d'une visite au tombeau de Mme de Staël, Juliette Récamier, sous les yeux de son compagnon, « pâle et en larmes, est sortie du bocage funèbre, elle-même comme une ombre » (IV, p. 146). Dans le cimetière de Saint-Christophe, un tête-à-tête shakespearien campe Chateaubriand devant un crâne de mort dont les quelques cheveux ont la couleur des siens (p. 352), et le même crâne, la même comparaison ressurgiront devant les herbes des dunes (p. 402). Le féroce portrait de « Monsieur de Talleyrand » le montre, vieillissant, « tournant à la tête de mort » (p. 562). On songe aux « vanités », ces tableaux baroques où les peintres multiplient crânes et ossements. Au cours de ses voyages à Prague, à Venise, le mémorialiste semble se précipiter dans tous les

1. La citation exacte est : « Vanité des vanités, tout est vanité »; au sens étymologique, le mot *vanité* signifie « vide, néant ». L'Ecclésiaste est un livre de l'Ancien Testament.
2. Voir note 1, p. 29.

cimetières qu'il trouve sur sa route : ainsi à Waldmunchën (p. 207). Rentré à Paris, sa promenade de prédilection n'est autre que, proche de son domicile, le cimetière de Montparnasse (p. 168), et ce n'est pas un hasard si les mêmes pages offrent une poignante méditation sur la vieillesse qui bannit les songes ou les plaisirs amoureux.

L'ÉCRITURE DE LA MORT

Au fil de l'œuvre réapparaissent périodiquement comme un motif mélodique ou plutôt le tintement monotone d'un glas, les expressions « Que sont devenus...? », « *Ubi sunt*[1]...? », « ne... plus ». Comment exorciser cette hantise de l'éphémère, ce vertige du néant, sinon par l'art ou la littérature, par une écriture de la mémoire qui parvienne à être une écriture de la mort?

Épitaphes et oraisons funèbres

Dans les cimetières qu'il visite, Chateaubriand se livre à une lecture jubilatoire des épitaphes, celles par exemple « d'une jeune juive [qui] s'appelait Violante » (IV, p. 401), d'un jeune homme mort en 1595 et dont la tombe s'orne d'un alexandrin : « Car il n'est si beau jour qui ne mène sa nuit » (p. 435); « nous nous reverrons », affirme une inscription funéraire à Murano (p. 355). Dans l'ingéniosité de leur laconisme, ces épitaphes constituent non seulement des variations infinies sur la brièveté des vies humaines, des avertissements solennels ou souriants, mais encore et surtout des modèles d'écriture, comblant le double désir de survie et de perfection formelle. Ce sont déjà des textes, et quand il s'agit de l'épitaphe d'un poète comme le Tasse (p. 423) s'opère une sorte de redoublement : le texte concis du mausolée renvoie au texte immense de l'œuvre; mêmes buts, mêmes moyens.

Dans les *Mémoires*, les écrivains, les artistes célèbres sont souvent convoqués pour des rencontres outre-tombe. S'ils sont morts, on se trouve devant une sorte de composition en abyme, à

1. *Ubi sunt* : « Où sont-ils ? »

triple profondeur : le texte de Chateaubriand amplifie le texte d'une épitaphe qui, elle-même, évoque les textes du poète concerné. C'est qu'ils ont montré la voie à suivre : transformer la mort en écriture, en peinture, en sculpture. C'est le propre du génie, méconnu, persécuté de son vivant, de « mourir en laissant [aux hommes] la lumière et [de] ressuscite [r] adoré » (p. 426).

Le lecteur d'épitaphes ne se fait pas faute de composer, quant à lui, des oraisons funèbres destinées à sa « basilique » (autre métaphore dont il use pour désigner ses *Mémoires*) : celle du Tasse encore – ample coulée oratoire, digne d'un Bossuet (p. 419) ; celle de Charles X, que l'orateur entoure, dans sa bière, d'allégories baroques (p. 572), sans parler des pages qui tout à la fois façonnent et démythifient la légende de Napoléon (III, p. 652). Quant à l'« appel des morts » du congrès de Vérone (« Où êtes-vous ? répondez », IV, p. 330), il réussit à transformer l'éloquence sacrée en un pur volume sonore, en échos et éclats de quelques trompettes du *Dies irae*[1].

Des « arabesques » mortuaires

Enfin, pour justifier les digressions, les « incidences », les errances de sa méditation et de son texte, le mémorialiste s'adresse en ces termes à ses lecteurs :

> Supportez ces arabesques ; la main qui les dessine ne vous fera jamais d'autre mal ; elle est séchée. Souvenez-vous, quand vous les verrez, qu'ils ne sont que les capricieux enroulements tracés par un peintre à la voûte de son tombeau. (IV, p. 308).

« Broderies de ma jeunesse », disait ailleurs l'écrivain à propos des premiers livres des *Mémoires* (p. 310). Ainsi la mort sert-elle plus que jamais de caution à une esthétique de liberté et de fantaisie, et à l'écriture vagabonde du journal.

Dans une autre page de la Quatrième Partie, Chateaubriand parle des « travaux nécrolithes » de la commission italienne chargée de l'érection d'un monument à la gloire du Tasse (p. 424). L'expression

1. *Dies irae* : expression latine signifiant « jour de colère ». Évoquant le Jugement dernier, le *Dies irae* est chanté aux offices des morts.

vaudrait aussi bien pour les *Mémoires*, lesquels entendent transfigurer, immortaliser la réalité, une vie, le passé, par la grâce de l'art, même si l'œuvre doit connaître le sort des *Danses de la mort* du peintre Holbein[1], emportées à leur tour par la destruction et la mort (p. 108), car les chefs-d'œuvre périssent aussi, quoique plus lentement que la matière non travaillée par le génie de l'homme.

La suprême leçon de ces *Mémoires d'outre-tombe*, auxquels leur auteur consacra près d'un demi-siècle de sa vie, c'est l'amer constat de l'inanité définitive d'une victoire sur la mort par les mots – y compris ceux des *M.O.T.*

La voix d'un mort

Quel(s) sens donner à l'intitulé *Mémoires d'outre-tombe*? Pourquoi avertir les lecteurs qu'« ils se doivent souvenir qu'ils n'entendent que la voix d'un mort » (I, p. 134) ou plutôt « une voix lointaine qui sort de la tombe » (Préface, p. 6)? Dépassant ainsi le terme fatal, se mettant par anticipation au nombre des morts, le mémorialiste pouvait prétendre à un point de vue privilégié, celui dont rêve toute autobiographie : un regard d'ensemble sur la totalité d'une vie enfin close, cohérente, signifiante, sans retouches ni incertitudes, une position de surplomb, celle d'un dieu, ou d'un artiste, une fois son œuvre parachevée.

Passé de l'autre côté du miroir, en possession désormais – si transcendance il y a – de cette connaissance, de cette sagesse que seuls détiennent les morts, l'auteur d'outre-tombe pouvait témoigner en toute lucidité : la mort parlait par la bouche de l'énonciateur, levant le voile du mystère, expliquant la condition humaine.

Dans une autre perspective, on peut se demander si, en plaçant l'énonciation dans le registre du posthume, Chateaubriand n'inscrivait pas de façon évidente son texte sous le signe du *jamais plus*, s'il ne s'enfermait pas, à son tour, lui et son livre, dans le tombeau universel, des rois, des princes, des dames d'antan, des

1. Hans Holbein dit Holbein le Jeune (1497-1543), peintre et dessinateur allemand.

êtres chers et des poètes disparus, promis à l'effacement et à l'oubli : dernière mort, après toutes les autres, victoire sans appel du temps destructeur.

Le vrai fondement de l'autobiographie ou des mémoires, n'est-ce pas de se constituer en *testament* ? L'étymologie du mot renvoyant à l'idée d'attestation, de témoignage, la pratique testamentaire implique la sincérité (on ne peut mentir sur son lit de mort), le désir de survivre par des traces écrites, voire de continuer à agir en ce monde par ses legs, la volonté de tirer des conclusions de la vision qu'on a, au seuil de l'au-delà, sur sa propre vie et la vie en général. Avec son titre, Chateaubriand a poussé plus loin que tout autre, théâtralisé mieux que tout autre cette assimilation-là, non seulement par le rituel observé (manuscrit déposé dans une boîte cadenassée, clé remise à un notaire, consignes testamentaires pour l'édition posthume...), mais aussi par sa foi affichée de chrétien, de gentilhomme breton, le monumental testament profane devant se lire à la lumière du Nouveau Testament posé, lui et lui seul, comme la voie, la vérité, le salut (« ce qui ne passera point, c'est cette croix de bois vermoulue que j'aperçois dans une chenevière », IV, p. 189).

« Vanité des vanités »

Que d'ambiguïtés pourtant dans maints passages des *Mémoires* et dans la dernière image de la Conclusion – tableau plus tragique qu'illuminé d'espérance chrétienne :

> [...] il est six heures du matin, j'aperçois la lune pâle et élargie ; elle s'abaisse sur la flèche des Invalides à peine révélée par le premier rayon doré de l'Orient : on dirait que l'ancien monde finit et que le nouveau commence. Je vois les reflets d'une aurore dont je ne verrai pas se lever le soleil. Il ne me reste qu'à m'asseoir au bord de ma fosse ; après quoi, je descendrai hardiment le crucifix à la main dans l'éternité.

Le mot consolateur est associé à un ensevelissement, comme dans cette autre page où Chateaubriand, renouant avec l'écriture des *Mémoires*, s'en tient à ces propos désenchantés sur sa tâche, son inutilité, la vanité de l'au-delà comme de l'ici-bas : pourquoi remonter le cours du temps, pourquoi s'entretenir avec des vivants qui ne sont plus, puisque c'est « réveiller des effigies glacées au fond de l'éternité [...] descendre dans un caveau funèbre pour y jouer à la vie. Ne suis-je pas moi-même quasi mort? » (II, p. 11). Pourquoi, surtout, ne pas avoir renoncé – comme l'aurait fait Rancé – *in extremis* à cette vanité humaine qu'est toute œuvre, littéraire ou artistique? Le monde des morts serait-il plutôt « l'empire élyséen du Tasse », autrement dit la seule immortalité qui vaille, celle de l'art?

Plus qu'à l'oscillation entre deux croyances, l'une toute profane, l'autre toute chrétienne, la modernité des *Mémoires d'outre-tombe* tient à l'ambiguïté de la littérature : misère ou grandeur, création ou illusion, victoire ou défaite? Dans l'œuvre poétique, Mallarmé verra un « creux néant musicien » : un commentaire possible, le meilleur peut-être, pour nombre de pages de son prédécesseur.

6 L'écriture des *Mémoires*

« L'on ne vit que par le style[1]. En vain on se révolte contre cette vérité : l'ouvrage le mieux composé, orné de portraits d'une bonne ressemblance, rempli de mille autres perfections, est mort-né, si le style manque. Le style, et il y en a de mille sortes, ne s'apprend pas : c'est le don du ciel, c'est le talent » (I, p. 506).

À propos d'un peintre, on parlera de *manière* (son geste, sa touche, sa palette, ce qui lui est personnel dans son art) : le « style » sera la manière d'un écrivain (choix des mots, manière de construire les phrases...).

L'INVENTION POÉTIQUE

La *poétique*, c'est un *faire*, le faire de l'art (et pas seulement de la poésie); en ce sens, toute création langagière est poétique. Ce qui frappe le lecteur des *Mémoires*, c'est d'abord une extraordinaire richesse lexicale.

Néologismes...

L'auteur n'hésite pas à inventer des mots : ses néologismes peuvent être tirés du grec ou du latin (« aphonie, velivole, phébéenne »). Ils surprennent ou plaisent à cause de leur euphonie, surtout dans les passages descriptifs ou lyriques. Ce sont aussi des féminins inusités (« démone, sylvaine »), des itératifs (« réépouser, retissu »), des mots négatifs (« immémoré, infréquenté »), des

1. La critique moderne préfère le terme d'*écriture* qui lui paraît désigner plus nettement la tournure des phrases et l'activité de formulation par les mots.

péjoratifs familiers (« rêvasser, vieillotter »). La plupart, malgré leur originalité (« aprilée, nécrolithe »), resteront des hapax[1]. À côté des néologismes de formation, les néologismes d'emploi[2] : « anuité » pour sombre ; « erreur » pour vagabondage ; « délité » pour sorti du lit. Certains termes sont si rares qu'ils ont des airs de néologismes : « vastitude, labyrinthé, désennui » ; adjectifs descriptifs, ils forment parfois image : « source diamantée, roches ruiniques, tour emmitrée d'un clocher ».

... et archaïsmes

Les archaïsmes ne sont pas rares. Soit qu'empruntés à la langue du Moyen Âge et du XVIe siècle plus encore (à un Montaigne par exemple), ils entendent ressusciter tout ce passé féodal que le père de Chateaubriand essayait de faire revivre à Combourg, ou de vieilles légendes, comme celle que pastiche, dans le style troubadour[3], le récit du Revenant (I, p. 113). Soit qu'ils plaisent à l'écrivain par leur caractère de vétusté et leurs sonorités : « unisonance, luisance, désespérance, enténébrer, vesprée, nueux [*pour nuageux*] », sans parler des mots-outils tombés en désuétude : « quasi, onques, derechef ».

Classicisme et modernisme

La littérature de l'Empire se voulait un retour au classicisme. On retrouve dans les *Mémoires*, mais beaucoup moins nombreux que dans les œuvres précédentes, les mots jugés poétiques ou nobles du langage soutenu ou fleuri : « coursier, fer, trépas, arène, fange, courroux »... Dans leur emploi, plus qu'un classique (les périphrases consacrées sont abandonnées), Chateaubriand se veut un poète : plus que de majesté « louis-quatorzième », il s'agit d'euphonie : « montagnes hyperboréennes, flots amènes, eau hyémale ».

Même si prédomine une certaine noblesse de ton, l'écrivain sait jouer des effets de rupture ou de disparate, propres au registre

1. *Hapax* : vocable qu'on ne rencontre qu'une seule fois dans la langue.
2. Mots détounés de leur sens habituel et pourvus d'un sens nouveau.
3. *Style troubadour* : voir note 2, p. 40.

burlesque ou à cette esthétique grotesque qu'il rattache au « génie de Shakespeare, génie mêlé de comique et de tragique » (IV, p. 109) : mots familiers ou populaires, souvent péjoratifs (« barbouiller, écrivailleur, criaillerie, rigoler, bastringue »). Mais ni argot ni langue verte, une retenue beaucoup plus grande que chez Victor Hugo.

Termes dialectaux et techniques

Les termes dialectaux, exotiques, donnent, comme les archaïsmes, la couleur locale : mots bretons (« fouée, braies »), anglais (« gentleman, spleen, groom »), américains (« sachem, manitou, magnolia »), italiens (« calle, lazzarone, rittrati »), orientaux (« almée, babouche, bazar »). Venus de l'exil à Londres, des voyages ou des séjours à l'étranger, ces termes confèrent au récit un air d'authenticité et relèvent d'un vrai réalisme.

Les écrivains classiques répugnaient à employer des termes techniques, jugés trop bas. Héritier des encyclopédistes, Chateaubriand puise dans les langues des beaux-arts (« architrave, hypogée, effumé »), de la jurisprudence (« les hoirs [*héritiers*] de saint Louis »), de la vie militaire (« assiette du camp, glacis »), de la navigation (termes nombreux, d'un expert : « jusant, beaupré, loch »), de la botanique (« sphaignes, lichen, catalpa »), de la chasse (« courre, débotté »), de la religion (« station, salvation, laures »). Les modernes, Hugo et Balzac, feront eux aussi de larges emprunts à ces langues techniques : au crédit de Chateaubriand, un savoir langagier correspondant à des expériences personnelles.

LA STRUCTURE POÉTIQUE

Comme Bossuet ou Flaubert (son disciple), le styliste accorde la plus grande importance à la structure de la phrase, qui est d'une extrême variété, de la phrase brève, concise, à la phrase longue, ample, en passant par la période[1].

1. Voir note 2, page 47.

Le « style vertical »

Les phrases – ou propositions indépendantes – courtes caractérisent les narrations dramatiques ou les portraits à l'emporte-pièce. La construction nominale, qui élimine le verbe, la ponctuation qui juxtapose au lieu de coordonner, donnent un tour impressionniste aux notations de l'observateur, une brièveté lapidaire aux réflexions du penseur. Une clausule[1] originale et fréquente sous la plume du mémorialiste est l'expression nominale terminant de façon abrupte une phrase plus ou moins longue :

> Quatre-vingts députés partent de Versailles pour annoncer la paix à la capitale : illumination (I, p. 218).
> Le jusant l'entraîne : aussitôt mille cris… (I, p. 53).

Dans les portraits, une accumulation de tours nominaux ou de substantifs descriptifs campe ou caricature le modèle :

> Danton, Hun à la taille de Goth, à nez camus, à narines au vent, à méplats couturés, à face de gendarme mélangé de procureur lubrique et cruel (I, p. 377).

Cette forme d'écriture, que Sainte-Beuve appelait le « style vertical », sera reprise à l'envi par les prosateurs modernes.

Périodes oratoires

Les phrases amples, savamment construites, relèvent de tous les tons, lyrique, épique, descriptif, satirique… Souvent une kyrielle d'éléments est comme ramassée en fin de phrase par un *tout* : « Faites-moi aimer et vous verrez qu'un pommier [...], une fleur de sagette [...], une mousse, une fougère [...] une mésange [...] toutes ces petites choses rattachées à quelques souvenirs [...] » (IV, p. 127). Ou bien Chateaubriand sait retrouver le style et la phrase du XVIIe siècle, la période oratoire classique, le souffle par exemple d'un Bossuet, avec ses parallélismes, ses effets de symétrie, ses rythmes binaires ou ternaires, ses chutes, ses apostrophes, interrogations, exclamations, répétitions :

---

1. *Clausule* : terminaison remarquable par sa forme sonore.

En voilà trop à propos des montagnes : je les aime comme grande solitude; je les aime comme cadre, bordure et lointain d'un beau tableau; je les aime comme rempart et asile de la liberté; je les aime comme ajoutant quelque chose de l'infini aux passions de l'âme (IV, p. 127).

Figurez-vous un drap mortuaire flottant en guise de drapeau au haut des tours de Notre-Dame, le canon faisant entendre par intervalle des coups solitaires pour avertir l'imprudent voyageur de s'éloigner, un cordon de troupes cernant la ville [...] (IV, p. 62).

PROCÉDÉS ET FIGURES DE STYLE

Le choix et l'ordre des mots

Quelques tours, dans le lexique, la syntaxe, la construction des groupes de mots ont la prédilection du mémorialiste : l'inversion du sujet, qui permet de détacher en tête un adverbe de temps, un complément circonstanciel ou d'objet indirect : « Au nord du château s'étendait une lande semée de pierres druidiques » (I, p. 128); ou bien c'est le verbe qui est projeté au début de la phrase : « Passaient et repassaient dans les rues des députations populaires » (p. 232). Des disjonctions ou dislocations, empruntées, telle la prolepse[1], à la langue parlée visent aussi à l'effet : « la langue de la liberté, il [*Bonaparte*] l'ignore » (II, p. 480).

Chateaubriand affectionne l'épithète, surtout descriptive, même si les adjectifs se font moins nombreux dans les *Mémoires* que dans les premières œuvres : « [...] tout était éclatant, radieux, doré, opulent, saturé de lumière » (I, p. 335). Ce goût de l'épithète sera une constante de l'écriture moderne.

Le tour biblique, qui consiste à utiliser un mot abstrait comme complément de nom, se rencontre fréquemment : « [...] les bruyères sont mon nid et mes moissons; leur fleur d'indigence et de solitude est la seule qui ne soit pas fanée à la boutonnière de mon habit » (IV, p. 289). Le substantif résonne avec plus de solennité que l'adjectif

1. *Prolepse* : « anticipation »; figure de rhétorique.

correspondant, sans oublier une concision plus frappante : « ce toit de paix et de bénédiction (I, p. 37). L'écrivain fait un large usage de l'abstrait pour représenter une personne ou une catégorie de personnes : « La duchesse et le duc de Guise représentaient à Prague la beauté et l'honneur enchaînés à l'adversité » (p. 221). Sur le modèle de « Votre Majesté », telle expression ne manque pas d'ironie : « Ma gloire, enveloppée dans un manteau, opéra sa descente heureusement sans être reconnue » (IV, p. 390). On doit au mémorialiste la mode des abstraits au pluriel, pluriel hyperbolique ou emphatique : « mes obscurités à Londres... les foyers paternels... mes longues espérances » (I, p. 368, 160, 13).

La pente de l'esprit à penser par rapprochements et oppositions se manifeste dans les innombrables antithèses :

> M'ennuyant pour me désennuyer... La vie me sied mal, la mort m'ira peut-être mieux (I, p. 239, 6).
>
> Le monde appartient à Bonaparte [...] vivant, il a manqué le monde, mort, il le possède (II, p. 275).

Images et comparaisons

Pour ce qui est des figures de style, images et comparaisons surabondent. Jamais gratuites, tantôt esquissées tantôt développées, voire filées, tour à tour poétiques, ironiques, réalistes, pittoresques, fantastiques même (dans les personnifications), les unes et les autres expliquent la pensée, notent le détail saillant, ouvrent le champ à l'imagination du lecteur, supportent les grands thème de l'œuvre (la mort, la mer, le temps qui passe, la nature, l'épopée du siècle...). Un procédé saisissant est la comparaison par simple juxtaposition :

> Je suis enfin rentré dans mon hospice en dévidant ainsi le fil de mes jours : le fragile insecte des bergeries descend au bout d'une soie vers la terre où le pied d'une brebis va l'écraser (IV, p. 310).
>
> Carlsbad [...] était désert; salle d'opéra après la pièce jouée (IV, p. 482).

La juxtaposition, surprenante, peut être préparée par une analogie :

> Les tours du Moyen Âge balafrées et percées : vieux champions du temps, blessés à la tête et à la poitrine, restés seuls debout sur le champ de bataille des siècles (IV, p. 461).

Rémy de Gourmont, écrivain symboliste, s'émerveillera, devant les *Mémoires*, de ce « fleuve de chatoiements métaphoriques ».

Avec Flaubert, Chateaubriand a été l'écrivain du XIXe siècle le plus attaché à la perfection du style, l'artiste le plus soucieux, le plus conscient de la valeur propre des mots, de leur puissance, de leur capacité à peindre, à exprimer par leurs seules sonorités. De cette nouvelle esthétique se souviendront les Parnassiens et les symbolistes, ou encore Proust qui pensait que « la métaphore donne une éternité au style ».

En matière de langue comme en politique, l'auteur des *Mémoires d'outre-tombe* s'est retrouvé au confluent de deux siècles. Sainte-Beuve le voyait « littérairement comme un de ces écrivains qui maintiennent une langue en osant la remuer et la rajeunir », et il ajoutait, à juste titre : « Toute l'école moderne émane plus ou moins directement de lui » (*Portraits contemporains*).

7 Chateaubriand et le romantisme

« En moi commençait, avec l'école dite romantique, une révolution dans la littérature française » (I, p. 482).

L'auteur des *Mémoires d'outre-tombe* appartient à la fois au XVIIIe siècle, à ses dernières décennies du moins, par – en sus de sa naissance – sa formation, sa culture, ses goûts littéraires et artistiques (ceux, pour une bonne part, du classicisme) et au XIXe siècle, à sa toute première moitié, par l'essentiel de son œuvre, laquelle se veut d'un « novateur-né ». C'est dire qu'il est contemporain à la fois de ce que les historiens de la littérature appellent parfois le préromantisme, au vrai la première vague du romantisme, et de la seconde vague du mouvement qui en constitue l'apogée ou l'âge d'or.

LE PREMIER ROMANTISME

La nouvelle sensibilité française

L'émergence de la sensibilité romantique ou plutôt sa première poussée a eu lieu en France, dans les années 1760-1780, à l'époque de Diderot et de Rousseau, deux enivrés de sentiment et de passion. Même si l'admiration perdure pour les classiques, ceux de l'Antiquité et du Grand Siècle (Homère et Racine), même si l'esprit voltairien, celui des Lumières, est loin de s'éteindre, se mettent néanmoins en place des modes nouveaux de penser, de sentir, de s'exprimer, d'écrire, de peindre..., et toutes sortes d'aspirations neuves : un mal du siècle déjà (voir p. 65), le culte de la passion, le vertige du néant ou l'appel à la mort (idées ou tentatives de suicide, méditations sur les tombes, rêveries dans les cimetières), les effusions sentimentales, l'amour de la nature (découverte des beautés poétiques de la montagne et de la mer), le désir de fusion entre cette nature et les passions humaines, le regard tourné vers les ailleurs, l'intérêt éveillé pour les autres sociétés, époques, paysages (anglomanie, exotisme, Shakespeare, Dante)...

C'est dans *La Nouvelle Héloïse*, dès 1761, et dans ses lettres-confessions (à Monsieur de Malhesherbes) ou encore ses *Rêveries du promeneur solitaire* (1772-1776) – qui lancent l'adjectif *romantique* – que Rousseau a traduit tous les sentiments qui passent depuis pour caractéristiques du romantisme. N'explique-t-il pas, dans l'une de ses lettres, son inclination à vivre par le romanesque, par l'imagination, en des termes qui siéraient aussi bien à René, celui du roman, ou à l'adolescent de Combourg, comme à leurs fils spirituels (Musset, Nerval, Baudelaire...) : « Je trouvais en moi un vide inexplicable que rien n'aurait pu remplir, un certain élancement du cœur vers une autre sorte de jouissance dont je n'avais pas d'idée et dont pourtant je sentais le besoin »? Combien de pages à venir, entre autres des *Mémoires d'outre-tombe*, pourraient prendre comme épigraphe ces mots de l'*Émile* (1762) : « Qu'est-ce le véritable amour, si ce n'est chimère, mensonge, illusion? On aime bien plus l'image qu'on se fait que l'objet auquel on s'applique. »

L'apport anglo-saxon

Cette nouvelle sensibilité française recevra l'apport des préromantismes allemand et anglais, le premier se manifestant entre 1780 et 1800 avec, pour figure annonciatrice et emblématique, le *Werther* (1774) de Goethe, le second lançant dès le second quart du XVIIIe siècle la poésie de la nature, de la nuit, des ruines et des tombeaux, ainsi que le retour en pensée vers les âges anciens, de la chevalerie et des bardes primitifs. Les œuvres-phares seront, outre-Manche, d'abord *Les Nuits* de Young, le champion de la mélancolie religieuse; les *Poèmes* d'Ossian, qui enthousiasmèrent les contemporains, dont Goethe et Napoléon; puis, à la charnière des deux siècles, les vers de Byron, de son *Pèlerinage de Childe Harold* surtout, dont le héros, double révolté, misanthrope et blasé, du lord dandy, paraît incarner, lui aussi, le mal du siècle[1]. Il n'est pas inutile de savoir que Chateaubriand jeune se délectait de *Werther*, d'Ossian, de *La Nouvelle Héloïse* et d'Homère, sans oublier son admiration, ambiguë, pour son rival en romantisme (I, « Lord Byron », p. 510).

Le poids de l'Histoire

Ce premier romantisme, tel qu'il va se prolonger et s'épanouir dans les premières décennies du XIXe siècle, s'explique par le poids des événements historiques, du grand bouleversement social de la Révolution avec, en particulier, le drame d'une génération déracinée, souvent contrainte à l'expatriation : « Le changement de littérature, constatera l'auteur des *Mémoires d'outre-tombe*, dont le XIXe siècle se vante, lui est arrivé de l'émigration et de l'exil. »

De fait, le sentiment d'isolement, l'ébranlement émotif, la perte ou la révision des valeurs traditionnelles, voire la pauvreté ou la détresse – que Chateaubriand peindra dans les livres consacrés à son séjour forcé à Londres –, n'ont pu que hâter le renouvellement des sensibilités, des créateurs et de leurs publics, en les engageant dans deux orientations en apparence contradictoires, en réalité complémentaires : un romantisme de la passivité, du rêve, de la nostalgie et de la mélancolie; un romantisme de l'activité, de l'énergie, de l'héroïsme ou de l'engagement politique (les deux réunis en l'être double que fut Chateaubriand). Les mémoires, les romans du moi, dans lesquels se sont complus, avec d'éclatantes réussites (Mme de Staël, Constant, Sénancour, l'auteur de *René*), ces émigrés, hommes et femmes, se sont nourris d'un égocentrisme, d'un tête-à-tête avec soi-même tout à la fois douloureux et complaisant, on ne peut plus compréhensible chez ceux qui avaient tout quitté ou tout perdu.

---

1. *Edward Young* (1683-1765), poète britannique, dont *Les Nuits* (1742), admirées par Mme de Staël et par Diderot, connurent un très grand succès au XIXe siècle. Les *Poèmes* d'Ossian, faussement attribués au barde du même nom, qui aurait vécu au IIIe siècle, sont en réalité l'œuvre de James Macpherson et datent de 1760.

Un reflux de vingt ou trente années a sans doute suivi la première vague romantique au profit des déferlements révolutionnaires et des conquêtes impériales. Mais la combativité en sera accrue, des successeurs de Rousseau et de Chateaubriand, pour les luttes à venir, celles des années 1820-1840, qui allaient conduire le romantisme à son apogée. Les toutes premières années du siècle nouveau sont marquées par la publication et le succès d'*Atala*, de *René*, du *Génie du christianisme*. En 1820, c'est le coup d'éclat lamartinien des *Méditations poétiques*. La voie est libre pour les productions, les chefs-d'œuvre accumulés, en poésie, au théâtre, dans le roman, des grands romantiques (Hugo, Vigny, Musset, Balzac...). À l'aune de ce romantisme-là, regardé avec méfiance, voire hostilité par Chateaubriand, on peut encore mesurer la continuité foncière du mouvement, d'une génération à l'autre, d'un siècle à l'autre.

Les caractéristiques majeures du romantisme

Les convergences demeurent nombreuses entre la nouvelle modernité et l'œuvre du père fondateur. Pour preuve ce bref aperçu – avec ses répétitions significatives – des caractéristiques essentielles du romantisme triomphant : le principal mode de la sensibilité romantique, c'est l'aspiration à l'absent, à ce qui n'est pas là ici et maintenant. Ce *mouvement vers* se traduit par une inquiétude, au sens étymologique du terme, autrement dit une absence de tranquillité, une insatisfaction qui peut revêtir quantité de formes.

1. D'abord le besoin d'évasion qui, lui-même, a plusieurs possibilités :

– L'évasion dans le temps a surtout pris la forme d'un retour au passé, transfiguré (le Moyen Âge catholique et féodal, l'art gothique réhabilité).

– L'évasion dans l'espace a conduit à l'exotisme et aux voyages (dans le Nouveau Monde, en Espagne, en Grèce, en Orient, c'est-à-dire l'Afrique du Nord et le Proche-Orient).

– Ou bien c'est l'aspiration à l'infini et le sentiment religieux, qui va du réveil de la foi, dans une religion reconnue, au déisme hérité des Lumières, en passant par le panthéisme[1] d'une nature mystique. Le sentiment le plus répandu est que seul Dieu ou le divin peut apporter une solution à l'énigme de la vie, exorciser l'obsession de la mort ou le vertige du néant.

– Ou bien encore l'aspiration peut s'exercer à vide, sans objet précis, et engendrer mal du siècle, spleen ou mélancolie. Le romantisme politique et social, en revanche, déçu par les réalités contemporaines, aspire à une réforme de la société, soit qu'il veuille restaurer, royaliste, catholique et conservateur, l'état ancien des choses, soit qu'il s'enflamme, socialiste et humanitaire, pour les grandes causes de la liberté et de l'humanité universelle, et mette sa foi moderne dans l'avenir et la religion du Progrès.

2. La valorisation de l'individuel, ensuite, qui assure la promotion du moi, du singulier irréductible (alors que le classicisme privilégie le général ou l'universel). Cet individualisme, souvent augmenté par le sentiment de solitude, se complaît dans les effusions et les aventures intimes du cœur ou les héroïsmes exaltés, forcenés même. À côté du héros romantique, l'artiste romantique : le romantisme affirme la précellence du génie, toujours original et unique, par rapport au talent, célèbre le culte des *phares* (peintres, poètes, musiciens...) de l'humanité, ces individus prométhéens.

L'irréductibilité des collectivités est également reconnue, soit qu'on exalte l'*esprit des peuples*, le génie national, les vieilles légendes qui l'expriment ; soit qu'on s'attache à la *couleur locale*, au pittoresque des mœurs, des diversités géographiques et historiques, ce qui entraîne, dans l'expression, la recherche du mot propre, évocateur, rendant une nuance particulière (au lieu du mot à portée

---

1. *Déisme* : croyance en l'existence de Dieu, qui entend se passer des religions révélées ; *panthéisme* : doctrine selon laquelle tout étant en Dieu, Dieu est partout.

abstraite et générale), au prix, s'il le faut, d'un mélange des registres, des tons, des styles (lexique grandiose et lexique familier).

3. L'intensité affective, enfin, va de pair avec la sensibilité romantique. L'exemple le plus net est la conception d'un amour qui ne peut être qu'unique et éternel, résistant à tous les obstacles, vainqueur même de la mort. Élevé au niveau de l'absolu, cet amour est tantôt tendre et rêveur, tantôt véhément et passionné, montée au paradis ou descente aux enfers, puisque la femme aimée est soit ange ou muse, soit démon ou femme fatale.

Les registres romantiques

Ces complexes états d'âme ont donné naissance à de nombreuses catégories esthétiques. L'aspiration vers l'absent domine dans le *poético-rêveur*, le *nostalgique* mélancolique, voire le *mystérieux*, le *féerique* ou le *fantastique*. Le dépaysement par l'imaginaire se déploie dans le *chevaleresque* et l'*exotique*, le premier transportant dans le passé médiéval, le second dans des contrées aussi fabuleuses qu'éloignées, ou des paysages plus colorés, plus splendides que ceux de la vieille Europe. Le goût de la nature privilégie, dans l'*agreste*, soit les solitudes apaisantes, favorables à la rêverie et à la méditation, soit les sites grandioses et sauvages, les tempêtes et les abîmes. Le *nocturne*, catégorie hautement romantique, favorise le déploiement des sentiments intimes dans les lieux abandonnés, les grottes, les ruines, ou débouche sur le *macabre*, la fascination pour la face ténébreuse des êtres et des choses, l'inquiétante étrangeté du monde tel qu'il est. La valorisation de l'unique et de l'original mène au *bizarre*, au *grotesque*, celui-ci apprécié pour ses formes saugrenues, ses caprices pittoresques et ses mélanges ou oppositions de styles (le comique et le tragique par exemple).

Les *Mémoires d'outre-tombe* usent avec maîtrise de toutes ces modalités esthétiques chères au romantisme, celui d'abord du XVIIIe siècle, celui ensuite du XIXe siècle, le second ne faisant guère qu'orchestrer le premier, avec plus d'ampleur ou de démesure.

TROISIÈME PARTIE

Lectures analytiques

Texte 1 | Le « vague des passions »

(*René*, pages 179 à 180)

Mais comment exprimer cette foule de sensations fugitives, que j'éprouvais dans mes promenades ? Les sons que rendent les passions dans le vide d'un cœur solitaire ressemblent au murmure que les vents et les eaux font entendre dans le silence d'un désert : on en jouit, mais on ne peut pas les peindre.

L'automne me surprit au milieu de ces incertitudes : j'entrai avec ravissement dans les mois des tempêtes. Tantôt j'aurais voulu être un de ces guerriers errant au milieu des vents, des nuages et des fantômes ; tantôt j'enviais jusqu'au sort du pâtre que je voyais réchauffer ses mains à l'humble feu de broussailles qu'il avait allumé au coin d'un bois. J'écoutais ses chants mélancoliques, qui me rappelaient que dans tout pays, le chant naturel de l'homme est triste, lors même qu'il exprime le bonheur. Notre cœur est un instrument incomplet, une lyre où il manque des cordes, et où nous sommes forcés de rendre les accents de la joie sur le ton consacré aux soupirs.

Le jour je m'égarais sur de grandes bruyères terminées par des forêts. Qu'il fallait peu de chose à ma rêverie : une feuille séchée que le vent chassait devant moi, une cabane dont la fumée s'élevait dans la cime dépouillée des arbres, la mousse qui tremblait au souffle du nord sur le tronc d'un chêne, une roche écartée, un étang désert où le jonc flétri murmurait ! Le clocher du hameau, s'élevant au loin dans la vallée, a souvent attiré mes regards ; souvent j'ai suivi des yeux les oiseaux de passage qui volaient au-dessus de ma tête. Je me figurais les bords ignorés, les climats lointains où ils se rendent ; j'aurais voulu être sur leurs ailes. Un secret instinct me tourmentait ; je sentais que je n'étais moi-même qu'un voyageur; mais une voix du ciel semblait me dire : « Homme, la saison de la migration n'est pas encore venue; attends que le vent de la mort se lève, alors tu déploieras ton vol vers ces régions inconnues que ton cœur demande. »

Levez-vous vite orages désirés, qui devez emporter René dans les espaces d'une autre vie! Ainsi disant, je marchais à grands pas, le visage enflammé, ne sentant ni pluie ni frimas, enchanté, tourmenté, et comme possédé par le démon de mon cœur.

INTRODUCTION

Situer le passage

Paria rejetant la société… qui le rejette, René s'enfonce plus avant encore dans son isolement et ses songes en choisissant un « exil champêtre », où « la solitude absolue, le spectacle de la nature [le plongent] bientôt dans un état presque impossible à décrire » (p. 178). Toutes les anthologies proposent comme illustration exemplaire de ce personnage-type du romantisme naissant, promis à si belle fortune, la page sur les « ravissements » de l'automne et les « orages désirés ».

Dégager des axes de lecture

Comment dire l'indicible, sinon par le biais des métaphores et des symboles? Comment surmonter les contradictions intimes, le déchirement existentiel, sinon par l'incantation lyrique?

DIRE L'INDICIBLE

Dans les paragraphes précédents, René formulait lui-même le diagnostic sur son cas : il ne vivait que par l'imagination, dans ses songes ou ses « chimères », autrement dit des idées vaines, des illusions, des mirages intérieurs, voire des fantasmes érotiques, rien de réel. « Comment exprimer » (l. 1) ce qui relève, plus encore que de la « rêverie » (l. 20) – laquelle a un objet lui-même illusoire –, du « vide d'un cœur solitaire » (l. 3), autrement dit d'une expérience de l'absence, du manque, de l'inexistence ? Comment rendre compte de l'inexprimable, du rien, des « sensations fugitives » (l. 1-2), d'autant plus difficiles à discerner, maîtriser, transcrire, qu'elles viennent, constamment renouvelées, submerger l'être (« que j'éprouvais [*imparfait de répétition*] dans mes promenades », l. 2) ? Comment peindre des passions désincarnées, en quelque sorte immatérielles, irréelles ou évanescentes : tels des « sons » (l. 2), ou le « murmure » (l. 4) des eaux et des vents, éléments fluides, instables, insaisissables ?

Ces états d'âme, ces sentiments peuvent être ressentis (« on en jouit », l. 5) mais non verbalisés ; les mots ne les approcheraient, ne les définiraient que pour les dénaturer ou les trahir...

Métaphores et symboles

... À moins que ces états d'âme ne passent par le détour d'un langage métaphorique ou symbolique, apte à établir des sortes de « correspondances » entre les chimères intérieures et les réalités concrètes, visibles, tangibles, audibles du monde extérieur, de la nature. Que le cœur de l'homme soit « naturellement pétri d'ennui et de misère » (p. 192) [1], naturellement « triste » (l. 14), loi universelle, trait constitutif de la condition humaine (« que dans tout pays », l. 14), ce sont les « chants mélancoliques » du pâtre (l. 13) qui en feront prendre conscience, et surtout une nature fournissant les images, les symboles[2] nécessaires : le promeneur « égaré » sur de grandes bruyères (l. 19), c'est l'homme errant dans la (sa) vie ; la feuille séchée, la mousse qui tremble au vent du nord, le jonc flétri, c'est la fragilité des existences éphémères promises au néant ; la roche écartée (roche druidique sans doute), c'est le témoin des âges

1. Voir Lecture analytique 2, p. 123.
2. *Symbole* : signe d'autre chose que lui-même, rapport, lien entre deux réalités distinctes.

disparus ; l'étang désert, c'est l'implacable solitude des êtres, le vide des vies.

L'automne de Chateaubriand n'est pas l'automne de douceur et de mélancolie de Lamartine, c'est un automne placé sous le signe d'une pure négativité : campagne vide, sans récoltes ni labours, horizontalités solitaires, bruyère, ciel zébré de grandes lignes migratoires. Sous le signe de la mort aussi, que symbolise la « cime dépouillée des arbres » (l. 22), que métaphorise le vol des « oiseaux de passage » (l. 27). La solennelle apostrophe file l'image, tisse la correspondance : « Homme, la saison de la migration... le vent de la mort... tu déploieras ton vol... » (l. 31-34). On ne sait trop si « le clocher du hameau, s'élevant au loin dans la vallée » (l. 25), est la promesse de la rédemption chrétienne ou un avertissement funèbre. Sorte de *memento mori*, le « secret instinct » (l. 29) ne peut que s'orienter ici-bas vers des « régions inconnues » (l. 34).

L'HOMME INCERTAIN

Contradictions et aspirations

René, c'est l'être irrésolu, en proie aux incertitudes, oscillant entre des rêves, des tentations contradictoires (« tantôt... tantôt », l. 8-10), sans trouver le point d'équilibre. Le dilemme, le choix impossible, c'est celui de l'évasion, peut-être de l'ouverture au monde, ou du repli, de la clôture sur soi : d'un côté, le héros guerrier, qui se mesure aux réalités, à l'Histoire, qui s'engage dans les combats du temps (tels Napoléon, Chateaubriand lui-même) ; de l'autre, le pâtre, l'homme réfugié « au coin d'un bois », réchauffant « ses mains à l'humble feu de broussailles » (l. 11-12). L'opposition n'est pas aussi tranchée qu'elle en a l'air : le guerrier erre au milieu des vents, des nuages et des fantômes, la gloire et l'action héroïque n'existent que sous la plume d'Ossian[1], ou bien ne sont guère, elles aussi, que des

1. Voir note 1, p. 111.

chimères ne valant pas mieux que la médiocrité et l'anonymat des vies simples.

L'ailleurs de la poésie

René a néanmoins le privilège d'être poète et la poésie, l'écriture n'est-ce pas le plus sûr des exorcismes pour conjurer les spectres qui rôdent, de l'ennui, du vide intérieur, de la vanité des choses humaines?

À y regarder de près pourtant, la page relève d'un lyrisme dynamique, salvateur, plutôt que de la seule élégie plaintive. L'automne qui « surprend » (l. 7) tient du miracle, ses tempêtes ravissent, transportent, emportent René, poète enfin inspiré, saisi par l'enthousiasme sacré, « enchanté », « possédé par un démon[1] », ces derniers termes étant à prendre dans leur sens classique, et non pas chrétien : le génie saisit et féconde le cœur ou l'esprit. Il ne s'agit pas seulement d'une extase, d'un arrachement à l'ici-bas désert et stérile, mais aussi et surtout de la magie créatrice, du Verbe rédempteur. René ne rêve pas alangui au fond de quelque vallon automnal, il marche « à grands pas, le visage enflammé[2] » (l. 37), tourmenté par le démon de l'écriture.

Le texte n'est pas narratif mais foncièrement poétique : un « chant » s'élève dans telle phrase dont le rythme s'organise autour d'une césure (« Les sons que rendent [...] on en jouit », l. 2-5), jouant d'abord avec ampleur sur ses assonances et ses allitérations; dans telle structure ternaire : « des vents, des nuages et des fantômes (l. 10), « enchanté, tourmenté et comme possédé » (l. 38) ou binaire : « les bords ignorés, les climats lointains [...] ni pluie ni frimas » (l. 28 et 38); sans parler, on l'a vu, du tour constamment imagé de l'expression.

L'apostrophe célèbre (« Levez-vous vite orages désirés », l. 35)

1. Socrate parlait de son « démon », de la mystérieuse présence qui lui dictait son savoir et sa sagesse.
2. On rapprochera ce passage du célèbre portrait de Chateaubriand, par Girodet, l'air inspiré et la chevelure fouettée par le vent.

n'emporte pas tant « dans les espaces d'une autre vie » (l. 36) que dans sa propre musique, ses parallélismes syntaxiques, le crescendo ou decrescendo de ses groupes de mots, ses récurrences sonores (les *é* et les *an*, les *d* et les *p*). C'est à la musicalité de cette « désespérance[1] » que furent sensibles les contemporains.

CONCLUSION

Le vrai René n'est pas seulement celui qui s'adonne avec tant de complaisance à son ennui, au vide de son cœur, au « vague des passions », c'est aussi celui qui le chante, et le romantisme – si romantisme il y a – réside en ce lyrisme qui rend le cœur musicien : la crise de vie s'épanche en une sorte de crise, sinon de vers, du moins de prose poétique.

1. Le mot est de Musset, dont on connaît le vers célèbre : « Les plus désespérés sont les chants les plus beaux » (*Les Nuits*, « Nuit de mai »).

Texte 2 | « Un secret mouvement de joie »

(René, pages 190 à 192*)*

Ce mouvement, ce cri, ces larmes troublent la cérémonie, le prêtre s'interrompt, les religieuses ferment la grille, la foule s'agite et se presse vers l'autel; on m'emporte sans connaissance. Que je sus peu de gré à ceux qui me rappelèrent au jour! J'appris, en ouvrant les yeux, que le sacrifice était consommé, et que ma sœur avait été saisie d'une fièvre ardente. Elle me faisait prier de ne plus chercher à la voir. Ô misère de ma vie : une sœur craindre de parler à un frère, et un frère craindre de faire entendre sa voix à une sœur! Je sortis du monastère comme de ce lieu d'expiation où des flammes nous préparent pour la vie céleste, où l'on a tout perdu comme aux enfers, hors l'espérance.

On peut trouver des forces dans son âme contre un malheur personnel, mais devenir la cause involontaire d'un autre, cela est tout à fait insupportable. Éclairé sur les maux de ma sœur, je me figurais ce qu'elle avait dû souffrir. Alors s'expliquèrent pour moi plusieurs choses que je n'avais pu comprendre : ce mélange de joie et de tristesse, qu'Amélie avait fait paraître au moment de mon départ pour mes voyages, le soin qu'elle prit de m'éviter à mon retour, et cependant cette faiblesse qui l'empêcha si longtemps d'entrer dans un monastère; sans doute la fille malheureuse s'était flattée de guérir! Ses projets de retraite, la dispense du noviciat, la disposition de ses biens en ma faveur, avaient apparemment produit cette correspondance secrète qui servit à me tromper.

Ô mes amis, je sus donc ce que c'était que de verser des larmes pour un mal qui n'était point imaginaire! Mes passions, si longtemps indéterminées, se précipitèrent sur cette première proie avec fureur. Je trouvai même une sorte de satisfaction inattendue dans la plénitude de mon chagrin, et je m'aperçus, avec un secret mouvement de joie, que la douleur n'est pas une affection qu'on épuise comme le plaisir

J'avais voulu quitter la terre avant l'ordre du Tout-Puissant; c'était un grand crime : Dieu m'avait envoyé Amélie à la fois pour me sauver et pour me punir. Ainsi toute pensée coupable, toute action criminelle entraîne après elle des désordres et des malheurs. Amélie me priait de vivre, et je lui devais bien de ne pas aggraver ses maux. D'ailleurs (chose étrange!) je n'avais plus envie de mourir depuis que j'étais réellement malheureux. Mon chagrin était devenu une occupation qui remplissait tous mes moments, tant mon cœur est naturellement pétri d'ennui et de misère!

Je pris donc subitement une autre résolution; je me déterminai à quitter l'Europe, et à passer en Amérique.

INTRODUCTION

Situer le passage

Alors qu'on célèbre l'office des morts sur le corps allongé de la nouvelle religieuse, afin de signifier son renoncement au monde, René, agenouillé tout près de sa sœur, l'entend murmurer, sous le voile mortuaire, « l'affreuse vérité », autrement dit la criminelle passion qu'elle nourrit pour son frère. Saisi de folie, le jeune homme se laisse tomber sur Amélie, l'étreignant de toutes ses forces et criant son désespoir de la perdre.

Dégager des axes de lecture

Un coup de théâtre, constitué à la fois par l'aveu échappé aux lèvres d'Amélie et la crise de folie de René, porte à son paroxysme le drame du frère et de la sœur, pour déboucher, de façon paradoxale, sur la jouissance du malheur.

UN COUP DE THÉÂTRE

Le récit qu'est *René* n'est pas sans faire penser, dans sa concision, dans sa progression dramatique et même, parfois, dans son écriture, à une tragédie (intrigue, nœud, péripétie, dénouement, rhétorique non dénuée d'emphase).

Une scène dramatique

Action, réactions, tout est violence, excès, pour ne pas dire pathos[1] dans l'évocation de la cérémonie interrompue : l'accumulation de courtes propositions juxtaposées, la succession des verbes dynamiques, la martèlement des déictiques[2] (« Ce mouvement, ce cri, ces larmes », l. 1) entraînent la phrase, en la dramatisant, vers la brutale notation : « on m'emporte sans connaissance » (l. 3-4). Les présents de narration, ceux d'une hypotypose[3], réactualisent en une sorte d'hallucination – pour le narrateur comme pour ses auditeurs – le moment du passé. Une ellipse maintient l'accélération de la narration, puisque l'on passe sans transition à la reprise de conscience (l. 5), outre l'effet du blanc du texte correspondant à l'évanouissement même du héros. La plainte (« Que je sus peu de gré », l. 4) est à mettre aussi bien au compte du René d'alors, de son tempérament excessif, de son désir presque viscéral de mourir, qu'à celui du René survivant, ayant à charge sa vie endeuillée.

Le texte ne retient guère que le seul point de vue du narrateur et va jusqu'à effacer, plus ou moins, les autres acteurs du moment (« ceux qui », l. 4), pour n'exprimer que les sentiments et les réactions les plus intimes : « J'appris, en rouvrant les yeux », l. 5). L'expression solennelle : « le sacrifice était consommé » (l. 5) hausse le drame

1. *Pathos* : pathétique quelque peu outré, chaleur exagérée, voire affectée, dans un discours, un écrit...
2. *Déictiques* : adjectifs démonstratifs.
3. *Hypotypose* : figure par imitation, visant à peindre de manière vivante une scène, même du passé.

d'Amélie au niveau de la Passion[1]. Quant au comportement de la religieuse, il est porté à la même incandescence que celui de René et profondément ambigu[2] : cette « fièvre ardente » (l. 6-7), ce refus de revoir le frère trop aimé paraissent davantages aveux, signes de faiblesse et d'impossible maîtrise de soi, que de volonté ou d'engagement inébranlable. Même ambivalence dans le terme répété « craindre » (l. 8 et 9), lequel souligne de surcroît, ainsi que le chiasme (« une sœur [...] un frère [...] un frère [...] une sœur », l. 8-9), la dramatique ressemblance des sentiments et des réactions entre René et Amélie.

Le terme pascalien par excellence retentit dans l'exclamation : « Ô misère de ma vie » (l. 7-8). Cette « misère », dans la langue classique et théologique, n'est autre que l'irrémédiable faiblesse des âmes corrompues, le malheur inhérent à la condition humaine. René n'hésite pas à comparer le monastère au purgatoire, ce lieu de l'au-delà où un feu transitoire purifie les âmes pécheresses, fait expier les fautes terrestres, avant de permettre l'accès à la vie céleste, autrement dit au salut, « espérance » de tout chrétien (l. 12) [3].

La vérité « insupportable »

Le purgatoire, sinon l'enfer, René y est plongé de son vivant, puisque condamné à regarder en face « l'affreuse vérité » (*René*, p. 190). Celle-ci n'est pas seulement assénée par l'aveu involontaire d'Amélie, et surpris sans qu'elle l'ait voulu, mais elle est aussi explorée et reconstruite par l'analyse rétrospective, qui n'est pas une simple récapitulation narrative destinée à éclairer enfin le lecteur comme le héros (« Alors s'expliquèrent pour moi », l. 16-17) sur l'étrange conduite d'Amélie. Le retour en arrière, aux pages précédentes, se nourrit de la compassion fraternelle, d'une tendresse qui entend s'associer, en le revivant, au calvaire d'Amélie :

1. Voir les dernières paroles du Christ : « Tout est consommé ».
2. Comment ne pas songer ici à la dernière page de *La Princesse de Clèves* ?
3. On n'oubliera pas l'insertion initiale de *René* dans le *Génie du christianisme*.

« je me figurai ce qu'elle avait dû [...] la fille malheureuse » (l. 16 et 22). Ce besoin-là s'enracine dans un sentiment de responsabilité, de culpabilité même, qu'entend exorciser la formulation impersonnelle et générale : « On peut trouver [...] mais devenir la cause involontaire » (l. 13-15).

LE MALHEUR ESPÉRÉ

« Chose étrange » (l. 40), René, descendu au fond de l'abîme, y éprouve autant de joie que de douleur, réaction complexe qu'une lecture psychanalytique pourrait interpréter comme un sado-masochisme autodestructeur.

La punition du coupable

Première explication, donnée par le narrateur : je suis puni par la mort d'Amélie (morte au monde et à jamais perdue) pour avoir voulu me tuer, car la faute première de René c'est le désir de mourir, tentation « criminelle » (l. 37) ou plutôt « grand crime » (l. 35), le jeune homme ayant pour ainsi dire programmé son suicide (voir p. 181). Une phrase déroule, au fil de ses courtes propositions sans appel, l'enchaînement, prétendu providentiel (« pour me sauver et pour me punir », l. 36), des causes et des effets. Nous sommes ici dans le domaine d'une métaphysique ou d'une transcendance.

Seconde explication : on redescend sur terre, dans le monde tel qu'il est, voué au mal et au malheur : « Ainsi, toute pensée coupable » (l. 36-37), vérité permanente et générale, formulée au présent intemporel. On se replie sur une intériorité on ne peut plus énigmatique ou inquiétante[1], où règnent « une sorte de satisfaction inattendue » (l. 31), « un secret mouvement de joie » (l. 32), et dont René assume avec une certaine lucidité la découverte : « Je sus donc [...] je trouvai même [...] je m'aperçus » (l. 27, 30, 32). Le héros se félicite d'être enfin « réellement malheureux » (l. 41), d'éprouver « un mal qui n'[est] point imaginaire » (l. 28).

1. Voir Lecture analytique 1, « Le vague des passions », p. 116.

La volupté du malheur

On se souvient que le trait constitutif du caractère de René était la vacuité intérieure et du même coup l'ennui, le désœuvrement, la passivité. Un vrai chagrin, pour une vraie cause, remplit le cœur vide, constitue une « occupation » à plein temps et même, parce qu'activité, une forme de « plaisir » (l. 33). Une curieuse expression : « la plénitude de mon chagrin » (l. 31), presque oxymorique[1], renvoie à cette ambivalence : c'est à la fois l'état de ce qui est rempli et un épanouissement, en l'occurrence de l'être. Une espèce de mauvaise foi tourne, sans vraiment l'aborder de front, autour de cette surprenante découverte : le moi est victime de passions déchaînées, condamnables sans doute puisque le cœur de l'homme est « naturellement pétri d'ennui et de misère » (l. 43), mais dynamiques, victorieuses du spleen, procurant le plaisir de la chasse (une « proie », l. 30) et constituant un divertissement inépuisable (l. 33). Et la fureur de ces passions, ce peut être un délire mais aussi un intérêt passionné, la fureur de vivre qui éloigne « l'envie de mourir » (l. 40).

En fin de compte, le chagrin galvanise René, le pousse à agir : « Je pris donc subitement une autre résolution » (l. 44), même si, autre équivoque, c'est encore et toujours un mouvement de fuite plutôt qu'une solution, celle, par exemple, que lui recommandait Amélie : prendre un état, se marier, avoir des enfants...

CONCLUSION

Le sens du dramatique? Le secret retrouvé du tragique? L'exaltation romantique du malheur, de la passion, dans son ambivalence (martyre et paroxysme de l'héroïsme, malédiction et élection) aristocratique? Dans l'épisode de la prise de voile, l'interaction du drame sacré et du drame humain n'a certes pas la rassurante « pédagogie » d'un tableau religieux, mais l'œuvre y trouve son mystère ou son noyau opaque.

1. *Oxymore* : alliance de mots contradictoires.

Texte 3 | L'homme et la mer

(*Mémoires d'outre-tombe,* I, pages 96 à 97)

Cette mer que je devais rencontrer sur tant de rivages, baignait à Brest l'extrémité de la péninsule armoricaine : après ce cap avancé, il n'y avait plus rien qu'un océan sans bornes et des mondes inconnus; mon imagination se jouait dans ces espaces. Souvent, assis sur quelque mât qui gisait le long du quai de Recouvrance, je regardais les mouvements de la foule : constructeurs, matelots, militaires, douaniers, forçats, passaient et repassaient devant moi. Des voyageurs débarquaient et s'embarquaient, des pilotes commandaient la manœuvre, des charpentiers équarissaient des pièces de bois, des cordiers filaient des câbles, des mousses allumaient des feux sous des chaudières d'où sortaient d'épaisses fumées et la saine odeur du goudron. On portait, on reportait, on roulait de la marine aux magasins, des sacs de vivres, des trains d'artillerie. Ici, des charrettes s'avançaient dans l'eau à reculons pour recevoir des chargements; là, des palans enlevaient des fardeaux, tandis que des grues descendaient des pierres et que des cure-môles creusaient des atterrissements. Des forts répétaient des signaux, des chaloupes allaient et venaient, des vaisseaux appareillaient ou rentraient dans les bassins

Mon esprit se remplissait d'idées vagues sur la société, sur ses biens et ses maux. Je ne sais quelle tristesse me gagnait; je quittais le mât sur lequel j'étais assis; je remontais le Penfeld, qui se jette dans le port; j'arrivais à un coude où ce port disparaissait. Là, ne voyant plus rien qu'une vallée tourbeuse, mais entendant encore le murmure confus de la mer et la voix des hommes, je me couchais au bord de la petite rivière. Tantôt regardant couler l'eau, tantôt suivant le vol de la corneille marine, jouissant du silence autour de moi, ou prêtant l'oreille aux de marteau du calfat, je tombais dans la plus profonde rêverie. Au milieu de cette rêverie, si le vent m'apportait le son du canon d'un vaisseau qui mettait à la voile, je tressaillais et des larmes mouillaient mes yeux.

INTRODUCTION

Situer le passage

Au sortir de ses études, le jeune Chateaubriand, qui a choisi de faire carrière dans la marine, est envoyé à Brest pour entamer sa formation d'aspirant. Le sauvage de Combourg se retrouve livré à sa double postulation : le besoin d'action, de conquête, de gloire, et l'aspiration à une solitude rêveuse.

Dégager des axes de lecture

La composition de la page rend compte de cette dualité intime : à l'évocation d'un port grouillant d'activité, à une description empreinte d'un puissant dynamisme, succède une « rêverie » isolée, au bord de l'eau, qui n'est pas sans en rappeler une autre, célèbre dans la littérature, celle de Rousseau sur la grève du lac de Bienne[1].

UNE VUE MARITIME

La mer et le port

En peinture, on appelle « vue » un tableau représentant un lieu étendu, tel que le perçoit un regard qui embrasse tout le spectacle : ainsi dans ces vues panoramiques de ruines antiques, de tempêtes, de cascades, de naufrages ou de ports, si chères aux peintres du XVIIIe siècle, ou dans ces vues de Venise avec lesquelles Chateaubriand rivalisera dans la Quatrième Partie des *Mémoires*.

1. *Rêveries du promeneur solitaire*, Cinquième Promenade.

Dans le port de Brest, le jeune aspirant est un pur regard de peintre, la mer, les activités maritimes étant décrites à vue d'œil. Les trois caractéristiques majeures de la description sont ici la vision englobante, l'exactitude et l'animation. Le regard balaie d'abord un panorama quasi illimité en s'attachant à l'espace de l'« océan sans bornes » (l. 3-4), l'outrepassant même par la pensée (« et des mondes inconnus », l. 4), le démultipliant en lui superposant tous les autres rivages d'une vie placée sous le double signe du voyage et de l'adoration pour la mer[1]. Le déictique « Cette mer » (l. 1) à la fois étale le paysage marin sous les yeux du lecteur et suggère la familiarité entre l'élément marin et l'individu ; et déjà la mer joue son rôle essentiel, surtout à cette « extrémité de la péninsule armoricaine » (l. 2), d'espace vertigineusement ouvert (« après ce cap avancé », l. 3) aux rêves, aux chimères, à l'imagination (« se jouait », l. 4) de l'homme des songes.

L'œil s'accommode ensuite, au sens optique du terme, au spectacle animé du port, aux « mouvements de la foule » (l. 6-7) qu'il embrasse avec d'autant plus de facilité qu'il est celui d'un spectateur, non d'un acteur, assis et on ne peut plus attentif. Dans une première version des *Mémoires*, Chateaubriand voyait dans le mât « qui gisait le long du quai de Recouvrance » (l. 6), le « symbole d'une vie qui devait être, comme ce mât, battue par la tempête, et qui, comme lui ne devait reposer qu'un instant au rivage » (*Mémoires de ma vie*). Le symbolisme a été effacé dans la version définitive : l'heure, revécue par la mémoire, est au seul intérêt, passionné, de l'aspirant-spectateur.

L'écrivain n'hésite pas à recourir, dans maintes pages des *Mémoires*, à un lexique concret, exact, par souci tout ensemble de réalisme et de pittoresque, voire de couleur locale, ici, celle d'un grand port breton : « cordiers... mousses... goudron » (l. 11-13), « atterrissements[2] [...] appareillaient » (l. 19-20), au risque de

1. Voir « La rêverie au Lido », Lecture analytique 7, p. 153.
2. Au sens ancien : amas de terre, de sable, de limon...

déconcerter le lecteur par des termes trop techniques, ainsi : « la marine » (l. 14) pour l'ensemble des administrations, services, bâtiments où l'on régit l'activité maritime; les « palans » (l. 17) ou les « cure-môles », appareils de levage ou d'édification, d'entretien des terre-plein ou embarcadères d'un port.

Enfin, la description a tout le dynamisme requis pour faire voir le grouillement des multiples activités, au point que le lecteur peut avoir l'impression de regarder un film. À cela concourent plusieurs procédés stylistiques :

– L'accumulation des substantifs identifie les acteurs de ce théâtre dans leurs états et leurs fonctions, leurs rôles (« constructeurs, matelots, militaires... », l. 7); les présentant toujours dans leur multiplicité (« Des voyageurs, des pilotes, des charpentiers », l. 8-10), elle finit par les confondre dans une masse indistincte, de mouvements entremêlés (« on portait, on reportait, on roulait... », l. 13-14). Le maëlstrom portuaire en vient à animer les choses elles-mêmes, mises sur un pied d'égalité avec les hommes et devenant sujets à part entière des verbes d'action : « ici, des charrettes [...] là, des palans [...] tandis que des grues [...] des cure-môles [...] des forts [...] des chaloupes [...] des vaisseaux... (l. 15-20).

– La juxtaposition presque constante des substantifs, des propositions, des phrases dynamise à son tour le texte, tout en relevant d'un impressionnisme qui construit le tableau, pour l'effet d'ensemble, à coup de petites touches rapides, de petites scènes à la fois isolées et confondues par le regard. L'absence d'articles peut renforcer cette rapidité d'exécution picturale : « constructeurs, matelots, militaires, douaniers, forçats... » (l. 7-8).

– Enfin, les imparfaits des verbes, tous d'action, disent la répétition affairée et habituelle, le spectacle quotidien, sans cesse renouvelé du port de Brest. Le constraste sera saisissant avec le second tableau : la méditation esseulée « au bord de la petite rivière » (l. 28).

Un autre décor

Son « instinct solitaire » pousse le farouche aspirant à se retirer loin du port (« je quittais », l. 24), à se réfugier dans un lieu qui en soit tout le contraire : « rien qu'une vallée tourbeuse » (l. 26), une « petite rivière » (l. 28), et non plus la vaste étendue marine; le « silence » (l. 30) et non plus le tohu-bohu des quais; des idées vagues (l. 32) et non plus des scènes concrètes; un repliement sur soi, la substitution d'une intériorité à une extériorité pure, que manifeste le retour au *je*, en position de sujet, ou à l'« esprit » (l. 22). Les phrases s'alanguissent, s'allongent, jusqu'à un rythme de berceuse : « Tantôt regardant [...] tantôt suivant [...] jouissant du silence [...] ou prêtant l'oreille » (l. 29-31). Ce retrait volontaire du monde, ce glissement soudain dans le songe, ce double mouvement, on le trouvait déjà dans les pages précédant le texte, et on ne cessera de le retrouver tout au long des *Mémoires*.

Une crise intime

Accès de misanthropie adolescente? de romantisme? Le vague des passions encore et toujours : « je ne sais quelle tristesse » (l. 23), « je tombais dans la plus profonde rêverie » (l. 31-32)? Le mal de René, inapte à toute activité, à tout engagement (« je me couchais », l. 28)? Léthargie heureuse, rousseauiste? L'être s'endort ou presque, comme hypnotisé par le « murmure confus » (l. 27), encore perceptible, de la mer, les coups réguliers mais atténués par la distance d'un « calfat [1] », le vol de la corneille marine sillonnant le ciel (l. 30). Cet état de somnolence, s'il n'est pas sans charme (« jouissant », l. 30), prélude surtout à la renaissance qui va suivre, au réveil au monde de René.

Le symbolisme de la scène – confinement dans une vallée perdue,

1. Celui qui *calfate*, autrement dit qui garnit d'étoupe goudronnée les joints et interstices des bordages du pont d'un navire.

remontée, initiatique, du cours d'eau – trouve sa signification dans la page suivante : le majestueux spectacle de « la grande escadre française » (p. 97) rentrant à Brest, couverte de gloire, et l'enthousiasme du jeune aspirant découvrant enfin sa vocation de voyageur ou, plutôt, d'explorateur du vaste monde. C'est le « son du canon d'un vaisseau » (l. 33) mettant à la voile qui fait tressaillir le rêveur solitaire, avant le « bruit magnifique » des détonations de l'artillerie victorieuse (p. 97).

CONCLUSION

L'un des motifs majeurs des *Mémoires* est l'histoire de Chateaubriand avec la mer, qui commence à la naissance de l'écrivain et se poursuit jusqu'à ses dernières années. Non seulement la mer fournit le fond du tableau dans nombre des scènes de sa vie, non seulement elle constitue un réservoir inépuisables d'images, mais encore et surtout elle confère une continuité aux vicissitudes et aux intermittences d'une vie humaine. La fonction de la mer est de relier entre eux tant d'épisodes divers ou contrastés, de produire un sens : les rêveries sur les quais de Brest, l'illumination qu'elles préparent, finissent par enfanter la carrière du voyageur, sans parler du voyage intérieur et scripturaire que sont les *Mémoires*.

Texte 4 | « Apparition de Combourg »

(Mémoires d'outre-tombe, I, pages 102-103)

Hier au soir je me promenais seul; le ciel ressemblait à un ciel d'automne; un vent froid soufflait par intervalles. À la percée d'un fourré, je m'arrêtai pour regarder le soleil; il s'enfonçait dans les nuages au-dessus de la tour d'Alluyes, d'où Gabrielle, habitante de cette tour, avait vu comme moi le soleil se coucher il y a deux cents ans. Que sont devenus Henri et Gabrielle? Ce que je serai devenu quand ces *Mémoires* seront publiés.

Je fus tiré de mes réflexions par le gazouillement d'une grive perchée sur la plus haute branche d'un bouleau. À l'instant. ce son magique fit reparaître à mes yeux le domaine paternel; j'oubliai les catastrophes dont je venais d'être le témoin et, transporté subitement dans le passé, je revis ces campagnes où j'entendis si souvent siffler la grive. Quand je l'écoutais alors, j'étais triste de même qu'aujourd'hui; mais cette première tristesse était celle qui naît d'un désir vague de bonheur, lorsqu'on est sans expérience; la tristesse que j'éprouve actuellement vient de la connaissance des choses appréciées et jugées. Le chant de l'oiseau dans les bois de Combourg m'entretenait d'une félicité que je croyais atteindre; le même chant dans le parc de Montboissier me rappelait les jours perdus à la poursuite de cette félicité insaisissable. Je n'ai plus rien à apprendre, j'ai marché plus vite qu'un autre, et j'ai fait le tour de la vie. Les heures fuient et m'entraînent; je n'ai pas même la certitude de pouvoir achever ces *Mémoires*. Dans combien de lieux ai-je déjà commencé à les écrire, et dans quel lieu les finirai-je? Combien de temps me promènerai-je au bord des bois? Mettons à profit le peu d'instants qui me restent; hâtons-nous de peindre ma jeunesse, tandis que j'y touche encore; le navigateur, abandonnant pour jamais un rivage enchanté, écrit son journal à la vue de la terre qui s'éloigne et qui va bientôt disparaître.

INTRODUCTION

Situer le passage

Le troisième livre de la Première Partie s'ouvre, à la date de juillet 1817, sur un constat désenchanté : que reste-t-il de l'Empire, désormais « abîmé » comme une « immense ruine »? Quant aux illusions monarchistes de Chateaubriand, ne se sont-elles pas évanouies dès le début de la Restauration? Et pourquoi reprendre la plume? Le mémorialiste réside pour l'heure au château de Montboissier, sur les confins de la Beauce et du Perche : peu de choses subsistent de l'ancienne demeure et le parc est à l'abandon.

Dégager des axes de lecture

La méditation sur la fuite du temps, son pouvoir de destruction, paraît interrompue par une sorte de miracle : le chant d'une grive fait ressurgir les jeunes années passées à Combourg, mais l'adolescent d'alors n'existe plus et l'adulte vieillissant marche vers sa tombe.

LES JEUX DE LA MÉMOIRE

La résurrection de Combourg n'est pas si brusque ou fortuite qu'elle en a l'air à première vue. Liée à des circonstances particulières, elle relève d'un certain cheminement ou d'une sorte de logique.

Surimpression du passé et du présent

La situation présente est comme un écho des moments privilégiés du passé, tant les similitudes sont nombreuses. L'adolescent aimait les promenades solitaires, les couchers de soleil, propices aux rêveries (I, p. 128, 130). Le parc à l'anglaise de Montboissier, avec ses « taillis » et ses « charmilles », peut rappeler les arbres, la « futaie » de Combourg, la tour d'Alluyes le donjon où couchait le jeune Chateaubriand. La nature même semble conspirer à cette superposition des lieux et des temps, puisqu'en ce jour de juillet le ciel d'automne, le vent froid ressuscitent la saison préférée, celle des « joies » et des « délires ». Il n'est pas jusqu'à cette femme célèbre, maîtresse du roi Henri IV, qui ne puisse évoquer la Sylphide, le « fantôme d'amour ». Et même état d'âme chez l'adulte et l'adolescent : « J'étais triste de même qu'aujourd'hui » (l. 15).

La mémoire involontaire

En dépit des signes annonciateurs, tout se passe comme si l'événement était inopiné : le souvenir n'est pas ici une démarche consciente, mais une manifestation surprenante, et ressentie comme telle, de la mémoire affective (« Je fus tiré… à l'instant… subitement », l. 9, 11, 13) : immédiateté des impressions, réceptivité passive du sujet, valeur ponctuelle des passés simples. La cause déterminante est l'exacte correspondance entre deux sensations en apparence anodines : « le gazouillement d'une grive perchée sur la plus haute branche d'un bouleau » (l. 9-10) – d'abord le son, l'oreille frappée, puis le regard qui cherche et identifie la source – dans le parc de Montboissier, se répète, identique, le sifflement du même oiseau, « si souvent » (l. 14) entendu dans les bois de Combourg. La fréquence dans le passé de la sensation auditive, en étroite association avec le cadre de l'enfance, explique l'empreinte profonde du moment, celui-ci gravé dans la chair autant que dans le cœur ou l'esprit.

S'opère alors une remontée foudroyante dans le temps, véritable hallucination : « fit reparaître à mes yeux le domaine paternel… je revis ces campagnes… » (l. 11-13). Parenthèse heureuse dans un sombre présent (« J'oubliais les catastrophes… », l. 12) ? Allégresse d'un rythme enlevé, des propositions presque toutes juxtaposées, puisque se dévoilerait une permanence rassurante du moi, le moi passé et le moi présent ne faisant qu'un, reliés en quelque sorte par le cordon ombilical des sensations, des expériences similaires d'un bout à l'autre d'une vie.

LA DIALECTIQUE DES DEUX MÉMOIRES

Si euphorie il y a, elle est de courte durée. L'emportent presque aussitôt l'amertume, la déception à constater l'ambiguïté, pour ne pas dire la fausseté du miracle et même la nature maléfique du souvenir.

La fuite du temps

Quelque six lignes seulement sont consacrées à la réminiscence dans cette célèbre page. Et comme en retrait, de surcroît, par rapport au thème dominant : « Les heures fuient et m'entraînent » (l. 24) : présents gnomiques[1], concision lapidaire d'une sentence sans appel. Le ton est donné d'emblée : la vue d'une demeure historique ruinée par le temps, l'évocation de Gabrielle et d'Henri (l. 5) rappellent la condition éphémère des mortels, le néant des choses humaines.

La première surimpression, des époques, des situations, conduit à la déploration funèbre : « Que sont devenus [leitmotiv des *Mémoires*]... ? » (l. 6), « Ce que je serai devenu... » (l. 7), quoique l'œuvre paraisse survivre à l'auteur disparu.

Loin d'être écarté par la résurrection du passé, le thème est plus amplement orchestré encore dans les lignes qui suivent, pour ne tirer du phénomène qu'une amère leçon. Quoi de commun, sous l'apparente permanence, entre l'adolescent et l'adulte? Les répétitions de mots (« tristesse... félicité », l. 16-20), les effets de symétrie ou de parallélisme dans la construction des phrases ne sont que des leurres.

Le « même » (l. 21) ne peut dissimuler l'implacable loi : tout change, tout est mobile, en devenir, donc fugitif, périssable. Toute vie n'est qu'une succession de morts, les moi se suivent, chaque fois étrangers l'un à l'autre, chaque fois naufragés, abolis, rejetés à jamais dans le passé. À la tristesse née « d'un désir vague de

1. *Gnomique* : qui se présente sous forme de sentence, de maxime.

bonheur » (l. 16) ne peut être rattachée celle qui « vient de la connaissance des choses appréciées et jugées » (l. 18), les illusions de la jeunesse ne peuvent l'être au désenchantement de l'âge mûr, et pas davantage la félicité que « je croyais atteindre » à la « félicité insaisissable » (l. 20-22).

Les phrases glissent des imparfaits, du temps révolu, à un présent d'actualité (« que j'éprouve », l. 18) à son tour englouti au sein d'un imparfait (« me rappelait », l. 22), qui éloigne l'expérience relatée : c'était hier, le Chateaubriand écrivant n'est déjà plus le Chateaubriand de ce jour de juillet 1817. Autre mot clé du texte et de l'œuvre : le « ne... plus » (l. 23), qui retentit comme un glas funèbre : le devenir n'aboutit pas à l'être mais au non-être.

Le sursaut salvateur

Gabrielle et Henri n'ont pas disparu complètement, ils survivent, amants célèbres, dans la mémoire collective et dans cette page, sous la plume de l'écrivain.

Alors que le désenchantement paraît l'emporter (« Je n'ai plus rien à apprendre », l. 23), que l'individu se retrouve prisonnier de sa condition éphémère (la métaphore de la marche débouche sur celle du cercle qui emprisonne), le mémorialiste retrouve son dessein.

La hantise de la mort, qui rôde et menace, transforme en urgence celle de terminer l'œuvre. Le *carpe diem*[1] devient l'aiguillon de la création littéraire. L'image, traditionnelle et filée, de cette navigation qu'est la vie, assimile les *Mémoires* ou plutôt le journal, tenu au jour le jour, à quelque bouteille à la mer, qui sauvera le naufrage de l'oubli. Et le flux de la proposition finale, du temps qui s'écoule, parvient à se faire cadence harmonieuse, victoire ultime de l'art.

Ce n'est pas un hasard si le chant de la grive prélude aux chapitres les plus inspirés de la Première Partie, ceux consacrés aux « journées et soirées » de Combourg, ce « rivage enchanté ».

1. *Carpe diem* : littéralement, « cueille le jour » : d'où mettons à profit, hâtons-nous.

CONCLUSION

Proust cite cette page dans *Le Temps retrouvé* : la grive de Montboissier a joué pour Chateaubriand le même rôle, décisif, que la fameuse madeleine trempée un soir dans une tasse de thé et ressuscitant sur-le-champ l'enfance à Combray.

Faut-il insister, comme certains critiques, sur la différence radicale entre les deux expériences de la mémoire spontanée : la déception triomphant du miracle (« Les plaisirs de la jeunesse reproduits par la mémoire sont des ruines vues au flambeau », I, p. 523) au lieu de l'euphorie proustienne ? Ou au contraire sur la convergence, l'élan créateur qui bâtit sur l'infime sensation « l'édifice immense du souvenir », ainsi que le dira Proust, pour « l'homme affranchi de l'ordre du temps et de la mort » ?

Texte 5 | « Mirabeau »

(Mémoires d'outre-tombe, I, pages 225 à 226)

La laideur de Mirabeau, appliquée sur le fond de beauté particulière à sa race, produisait une sorte de puissante figure du *Jugement dernier* de Michel-Ange, compatriote des Arrighetti. Les sillons creusés par la petite vérole sur le visage de l'orateur avaient plutôt l'air d'escarres laissées par la flamme. La nature semblait avoir moulé sa tête pour l'empire ou pour le gibet, taillé ses bras pour étreindre une nation ou pour enlever une femme. Quand il secouait sa crinière en regardant le peuple, il l'arrêtait ; quand il levait la patte et montrait ses ongles, la plèbe courait furieuse. Au milieu de l'effroyable désordre d'une séance, je l'ai vu à la tribune, sombre, laid et immobile : il rappelait le Chaos de Milton, impassible et sans forme au centre de sa confusion.

Mirabeau tenait de son père et de son oncle qui, comme Saint-Simon, écrivaient à la diable des pages immortelles. On lui fournissait des discours pour la tribune : il en prenait ce que son esprit pouvait amalgamer à sa propre substance. S'il les adoptait en entier, il les débitait mal ; on s'apercevait qu'ils n'étaient pas de lui par des mots qu'il y mêlait d'aventure, et qui le révélaient. Il tirait son énergie de ses vices ; ces vices ne naissaient pas d'un tempérament frigide ; ils portaient sur des passions profondes, brûlantes, orageuses. Le cynisme des mœurs ramène dans la société, en annihilant le sens moral, une sorte de barbares ; ces barbares de la civilisation, propres à détruire comme les Goths, n'ont pas la puissance de fonder comme eux : ceux-ci étaient les énormes enfants d'une nature vierge ; ceux-là sont les avortons monstrueux d'une nature dépravée.

INTRODUCTION

Situer le passage

Le livre V de la Première Partie est tout entier consacré aux débuts de la Révolution, aux événements historiques comme la prise de la Bastille ou aux scènes de la rue dans le Paris enfiévré de l'époque. Un chapitre brosse un long portrait de Mirabeau, que Chateaubriand séjournant alors dans la capitale, a rencontré deux fois

Dégager des axes de lecture

Le mémorialiste prend un visible plaisir à souligner les traits caractéristiques d'une puissante individualité, mais c'est pour mieux transformer le personnage en figure symbolique.

LE PORTRAIT MORAL

Un portrait littéraire est une *description*. Chateaubriand, contrairement à un Balzac, n'attache guère d'importance aux traits physiques du modèle, il entend surtout en percer le secret moral.

Quel physique ?

Aucune notation précise, sinon, sur ce visage, « les sillons creusés par la petite vérole[1] » (l. 4) – l'image d'ailleurs sculpte plus qu'elle ne décrit. L'impression majeure est de « laideur » (l. 1) – terme abstrait –, d'avoir affaire à un masque, à un homme double, puisque cette laideur est « appliquée sur le fond de beauté particulière à sa race[2] » (l. 2). Dans les premières lignes du portrait, Chateaubriand a rappelé l'ambivalence de ce personnage historique, qui fut à la fois « tribun de l'aristocratie » et « député de la démocratie », et dont la carrière politique balança, comme celle du mémorialiste, entre les principes révolutionnaires et le soutien du trône.

1. Autrement dit la variole, maladie éruptive qui laissait, si l'on en réchappait, des traces en creux sur la peau.
2. *Race* : sens étymologique de « lignée noble ».

Autre impression, de puissance : un physique digne de la fresque du *Jugement dernier*, avec ses figures colossales et tourmentées. « La nature » s'est faite la rivale de Michel-Ange, elle qui a « moulé... taillé » (l. 6) – termes de sculpteur – cette tête et ces bras. « [U]ne sorte de puissante figure » (l. 2) de Titan, statufié par le poète : « sombre, laid et immobile » (l. 12). Un personnage aussi fascinant qu'inquiétant, presque démoniaque, comme le suggère la comparaison de ses cicatrices avec les « escarres laissées par la flamme » (l. 5).

Le mystère d'un être

L'analyse morale (du comportement et des mœurs) ne peut qu'enregistrer l'ambiguïté d'une démesure, d'une force de la nature qui relève tour à tour du mal et du bien. L'antithèse hésite entre « l'empire » et le « gibet » (l. 6), entre « étreindre une nation » et « enlever une femme » (l. 8) : le terme métaphorique confond l'homme privé et l'homme politique, l'action de gloire et l'acte infâme. Comme sous la plume d'un Saint-Simon qui « écrivait à la diable[1] des pages immortelles », le vocabulaire opère des glissements, des renversements saisissants, voire paradoxaux : « l'énergie » est tirée des « vices », les « vices » portent sur des « passions profondes, brûlantes, orageuses » (l. 20, 21, 22). Qui l'emporte, du positif ou du négatif ? Ou plutôt le ressort fondamental de ce clair-obscur moral, c'est, encore, la puissance : les mots « énergie », « passions » (au sens cornélien ou cartésien, ou, déjà, romantique) renvoient à une vitalité extraordinaire, une « vertu » qui n'est donnée qu'aux grandes âmes. Un Robespierre (I, p. 230), un Talleyrand (IV, p. 565) sont des « tempéraments frigides » (l. 21), donc des êtres petits et mesquins, capables tout au plus de « turpitudes ». Le style en tout cas va à l'essentiel, sans fioritures, à coup de phrases ou de propositions presque toutes juxtaposées, style qui

1. *À la diable* : le trait, repris dans *La Vie de Rancé*, caractérise un style rapide, incisif, à l'emporte-pièce.

refuse la période rhétorique, « style vertical », dira Sainte-Beuve, ou à la Tacite, d'un historien ou d'un moraliste au vif scalpel.

UNE FIGURE SYMBOLIQUE

Plus que l'apparence physique, plus même que la nature morale compte, dans la galerie des portraits du mémorialiste, la valeur symbolique des grandes individualités humaines.

Le portrait allégorique

« J'idéalise les personnages réels et personnifie les songes, déplaçant la matière et l'intelligence ». Dans les particularités physiques il faut voir les traits saillants d'un caractère, qui en découlent logiquement. Dans les deux domaines le portraitiste doit choisir, éliminer, styliser, schématiser, par le biais des comparaisons et des métaphores. Mirabeau devient un « lion », animal emblématique de la force, de la puissance et de l'énergie, de la suprématie aussi. Le procédé est habituel chez Saint-Simon, mais Chateaubriand insiste en filant la métaphore : « sa crinière... sa patte... ses ongles » (l. 8) – plus loin, il dira de son modèle qu'il est « fils de lion, lion lui-même à tête de chimère » (I, p. 226). Il s'agit donc de peindre plus par analogie que par un dessin direct : de là l'emploi de formules comme « avoir l'air... sembler... rappeler... produire une sorte de figure » (l. 5, 12, 2). Cette préférence pour la méthode analogique suggère que, pour l'auteur, Mirabeau est beaucoup plus que Mirabeau : c'est une allégorie – Talleyrand, quant à lui, sera le principe de la corruption et de la mort.

Un héros des temps modernes

Dans les dernières lignes du chapitre précédent, Chateaubriand décide de « s'arrêter à Mirabeau » parce qu'il « résume et domine » tous les députés de l'Assemblée constituante, c'est-à-dire la Révolution en marche, l'importance et le génie historique des élus du peuple. Le député prééminent est statufié dans sa fonction et son talent d'orateur, celui dont l'éloquence dispense tantôt l'ordre (« en regardant le peuple, il l'arrêtait », l. 9), tantôt de désordre (« la plèbe courait furieuse », l. 10). Les deux termes s'opposent, l'un s'appliquant à la société organisée, l'autre à l'anarchie des rues. Homme politique et écrivain, Chateaubriand ne pouvait qu'être fasciné par le tribun révolutionnaire, par la toute-puissance du Verbe sur les foules et les événements, par un rhéteur qui était un authentique génie pour peu qu'il tirât ses discours de « sa propre substance » (l. 17), c'est-à-dire de sa démesure et de ses ambiguïtés, ces caractéristiques portées à leur paroxysme de l'entre-deux-siècles, du combat titanesque entre le passé et le présent, l'Ancien Régime et le nouveau.

À la référence à Michel-Ange, qui venait après une référence à Dante, s'en ajoute une autre, à Milton, l'auteur d'un monumental poème biblique en douze chants, *Le Paradis perdu*, dont le personnage central n'est pas Adam mais Satan, l'ange de révolte (énergie démoniaque de la Révolution comme de son tribun). Le portraitiste renvoie dans cette œuvre au « Chaos » (l. 12) qui, dans la Genèse, personnifie, sur le mode du gigantisme, le vide primordial, la « confusion » (l. 13) originelle dont sortira l'ordre du monde créé. La Révolution, ce cataclysme historique, est un mixte d'ordre et de désordre, ou plutôt sur les décombres d'un passé aboli il lui faut construire une société nouvelle. Mirabeau, aristocrate et démocrate, vertueux et débauché, prodigieux Titan, est l'incarnation vivante de cette ambivalence circonstancielle et féconde, avec ses misères et ses grandeurs.

Comment interpréter la réflexion finale qui, prenant de la hauteur, oppose d'un côté les « barbares » modernes « de la civilisation », tout juste bons à détruire, et, de l'autre, les « Goths », barbares des anciens temps qui détruisaient pour « fonder », les premiers « avortons monstrueux d'une nature dépravée », les seconds « énormes enfants d'une nature vierge » (l. 25-27) ? Condamnation des révolutionnaires, dictée par un aristocratisme foncier ? Philosophie de l'histoire, chez un mémorialiste pour qui l'évolution de la société moderne traduit un « dépérissement », une longue déchéance (IV, p. 583) – les portraits sarcastiques de la Quatrième

Partie n'auront pour modèles, au lieu de surhommes, que des êtres dégénérés ? Les balancements antithétiques de la phrase paraissent vaciller entre le passé et le présent, l'éloge et le blâme, comme Chateaubriand lui-même, homme d'autrefois et de maintenant, voire de l'avenir. Le motif, repris, de la puissance, de l'énormité titanesque, semble néanmoins accorder la palme au Mirabeau héros de l'épopée révolutionnaire, davantage « Goth » que barbare des temps modernes.

CONCLUSION

Avec ce portrait, comme avec ceux d'un Napoléon, d'un Byron, d'un Tasse, sans parler de Milton ou de Michel-Ange, ce que Chateaubriand propose, c'est un double, fraternel, de lui-même. La page biographique est encore et toujours page autobiographique. Mirabeau a été le démiurge de la création politique, l'auteur des *Mémoires* l'est de la création littéraire, la seule qui, d'outre-tombe, puisse assurer la survie du mémorialiste et de ses pairs. Là est l'ultime secret du portrait poétique.

Texte 6 « Invocation à Cynthie »

(*Mémoires d'outre-tombe*, IV, pages 284 à 285)

N'ayez pas peur, Cynthie; ce n'est que la susurration des roseaux inclinés par notre passage dans leur forêt mobile. J'ai un poignard pour les jaloux et du sang pour toi. Que ce tombeau ne vous cause aucune épouvante; c'est celui d'une femme jadis aimée comme vous : Cecilia Metella reposait ici.

Qu'elle est admirable cette nuit dans la campagne romaine! La lune se lève derrière la Sabine pour regarder la mer; elle fait sortir des ténèbres diaphanes les sommets cendrés de bleu d'Albano, les lignes plus lointaines et moins gravées du Soracte. Le long canal des vieux aqueducs laisse échapper quelques globules de son onde à travers les mousses, les ancolies, les girofliers, et joint les montagnes aux murailles de la ville; plantés les uns sur les autres, les portiques aériens, en découpant le ciel, promènent dans les airs le torrent des âges et le cours des ruisseaux. Législatrice du monde, Rome, assise sur la pierre de son sépulcre, avec sa robe de siècles, projette le dessin irrégulier de sa grande figure dans la solitude lactée.

Asseyons-nous; ce pin, comme le chevrier des Abruzzes, déploie son ombrelle parmi des ruines. La lune neige sa lumière sur la couronne gothique de la tour du tombeau des Metella, et sur les festons de marbre enchaînés aux cornes des bucranes[1]; pompe élégante qui sera le dais de notre sommeil et qui nous invite à jouir de la vie si tôt écoulée.

Écoutez! La nymphe Égérie chante au bord de sa fontaine; le rossignol se fait entendre dans la vigne de l'hypogée

1 *Bucrane* : mot très rare : tête de buffle.

des Scipions ; la brise alanguie de la Syrie nous apporte indolemment la senteur des tubéreuses sauvages. Le palmier de la villa abandonnée se balance à demi noyé dans l'améthyste et l'azur des clartés phébéennes. Mais toi, pâlie par les reflets de la candeur de Diane, ô Cynthie, tu es mille fois plus gracieuse que ce palmier. Les mânes de Délie, de Lalagé, de Lydie, de Lesbie, d'Olympia, posés sur des corniches ébréchées, balbutient autour de toi des paroles mystérieuses. Tes regards se croisent avec ceux des étoiles et se mêlent directement à leurs rayons.

Mais, Cynthie, il n'y a de vrai que le bonheur dont tu peux jouir. Ces constellations si brillantes sur ta tête ne s'harmonisent à tes félicités que par l'illusion d'une perspective trompeuse. Jeune Italienne, le temps fuit ! sur ces tapis de fleurs tes compagnes ont déjà passé.

INTRODUCTION

Situer le passage

La digression lyrique connue sous le nom d'« Invocation à Cynthie » fait partie du journal de Carlsbad à Paris. Un soir de juin 1833, sur une route d'Europe centrale. alors qu'il regarde « se lever les étoiles » du fond de sa calèche, Chateaubriand feint de rêver qu'il est à Rome ou plutôt dans la campagne romaine, auprès d'une jeune amante, Cynthie, qu'il emprunte au poète latin Properce.

Dégager des axes de lecture

Cette page célèbre, l'une des plus travaillées que l'auteur ait écrites pendant sa vieillesse, relève autant de l'élégie, de l'effusion mélancolique que d'une invitation à l'amour ou d'une poésie voluptueuse.

LA RÊVERIE ROMANESQUE

Le songe amoureux a la force d'une véritable fantasmagorie nocturne : le paysage forestier de la Bohême s'efface au profit d'une sorte de panorama de la Campanie et de l'apparition d'une jeune enchanteresse, qui vient s'asseoir aux côtés du voyageur esseulé.

La mémoire affective

Le brusque surgissement de la vision répond en fait aux lois de la réminiscence, mi-volontaire, mi-involontaire. Non seulement la nuit naissante, comme s'en est expliqué lui-même Chateaubriand, est propice à l'envol des songes (IV, p. 165), mais encore la vue des étoiles ressuscite tout un pan du passé : les nuits contemplatives, d'abord à Savigny, en compagnie d'une femme aimée, Madame de Beaumont (II, p. 34), puis à Rome, non loin du tombeau de la disparue. Éternelles surimpressions des *Mémoires* : l'invocation est une *évocation*, le magique rappel à la vie d'une morte et d'un bonheur aboli. Les injonctions et les apostrophes répétées, le vouvoiement solennel, le tutoiement dramatique ont valeur de formules rituelles. Le long discours recrée peu à peu le lieu, le moment, l'être enfin, tout comme le présent de réactualisation.

Le « fantôme d'amour »

Cynthie est l'un des derniers avatars de la Sylphide, une nouvelle fille de l'imagination fiévreuse de René vieillissant, de son obsédant rêve d'amour. Une sœur aussi des Floridiennes du voyage en Amérique, une réincarnation onirique des grandes figures féminines de la Mythologie et de l'Histoire, en l'occurrence gréco-romaines.

Cette Italie – plus antique que moderne – vers laquelle il se dirige n'a cessé d'être, pour Chateaubriand, la terre d'élection, la patrie mythique de la volupté et de la beauté, des arts et des songes. L'« Invocation » illustre une fois encore la rêverie syncrétique qui, pour ainsi dire, télescope les âges, les paysages et les pages des *Mémoires*. Pourquoi ces « roseaux inclinés » (l. 2), sinon parce qu'ils renvoient à Combourg (I, p. 131) ? ce poignard, ce sang de l'amant prêt à couler, sinon parce qu'ils rappellent les « deux années de délire »? Et ce clair de lune, ce sommeil amoureux, à deux, c'est encore la nuit enchantée dans les forêts du Nouveau Monde (I, livre VIII, 7). Il n'est pas jusqu'à cette Rome personnifiée qui ne soit la jumelle de Venise mourante, elle aussi « assise », entourée de « toutes les grâces et tous les sourires de la nature » (IV, p. 337).

Un clair de lune

Les nocturnes de Chateaubriand, ses plus beaux paysages sont toujours associés à quelque figure féminine, qui lui est indispensable pour savourer et partager – en réalité ou en pensée – les délices de l'instant, un coucher de soleil en mer par exemple (I, p. 272). La lune, l'astre tant célébré, finit par se confondre avec l'amoureuse, la déesse avec la femme, et vice versa, dans un échange de rayonnements : Cynthie est plus belle, « pâlie par les reflets de la candeur [blancheur] de Diane » (l. 31); ses « regards se croisent avec ceux des étoiles » (l. 36)... Les « clartés phébéennes » (l. 31) ne sont pas sans évoquer les jumeaux brillants, Phébé et Phébus, autrement dit... René et Lucile (autre incarnation de la Sylphide).

Dans ce nocturne est d'abord fixée l'architecture du tableau, avec ses grandes lignes, l'étagement de ses plans : la mer au fond, les collines et les montagnes, les horizontales et les verticales des vieux aqueducs et des murailles de la ville. Le regard s'attarde sur tel ou tel détail : la silhouette d'un pin ou d'un palmier, les sculptures d'une tombe antique (« festons » et « bucranes », l. 22). Aux contours sont ajoutés ensuite des notations de couleurs, celles des fleurs (mots à la fois précis et poétiques de botaniste), le blanc et le bleu surtout (« sommets cendrés », « solitude lactée », « la lune neige sa lumière », « festons de marbre », « l'améthyste et l'azur », l. 30-31). Personnifié par les verbes d'action, n'est-ce pas l'astre nocturne qui paraît le créateur inspiré de la fantasmagorie, au gré d'une phrase qui va s'amplifiant, portée par ses assonances, ses allitérations et ses finales féminines? Soulignons enfin la magie des noms propres, qui font surgir à eux seuls la campagne romaine.

LA MÉDITATION SUR LA MORT

L'invitation à l'amour est avivée par la hantise de la mort : les êtres et les choses sont éphémères, à moins qu'ils ne soient immortalisés par la grâce de l'art.

Le *carpe diem*

« Cueille le jour », disait le poète latin Horace, profite pleinement des joies du moment : c'est un leitmotiv de la poésie érotique. Le paysage se transforme en décor pour le bonheur des amants : la féerie lunaire, la « susurration » (mot rare et chantant, préféré à murmure) des roseaux (l. 1), le chant d'une source, celui aussi du rossignol, la fragrance des tubéreuses, l'« ombrelle » déployée d'un pin (l. 21), le balancement tranquille du palmier, la brise « alanguie » (l. 29), tous les éléments sont ici réunis pour la fête amoureuse au sein d'une nature complice, théâtralisée par la présence des ruines antiques (comme dans les tableaux néoclassiques ou romantiques) : « pompe élégante qui sera le dais » (l. 23). L'incantation se fait berceuse dans telle phrase au rythme ternaire, avec allongement progressif des propositions : « La nymphe [...] ; le rossignol [...] ; la brise [...] » (l. 26, 27, 28).

L'ombre de la mort

Si le *carpe diem* se veut pressant, c'est que la mort rôde, prête à souffler la flamme du bonheur. Les deux motifs vont de pair : il faut « jouir de la vie si tôt écoulée » (l. 25-26). Le voilement des couleurs (« ténèbres diaphanes », l. 9) frappe déjà de fragilité le paysage lunaire. L'amour naît à l'ombre d'un tombeau, deux même, puisqu'à celui de Cecilia Metella s'ajoute « l'hypogée des Scipions[1] », sourd présage du sort de Cynthie, qui ne sera pas différent de celui de la « femme jadis aimée » (l. 5) ou des amoureuses célèbres, dont les mânes[2] « balbutient des paroles mystérieuses » (l. 36) : invitation à

1. *Hypogée* : tombeau souterrain ; *Scipions* : illustre famille romaine de l'Antiquité.
2. *Mânes* : âmes des morts dans la religion romaine.

jouir de la vie ou appel d'outre-tombe? Le sommeil, si amoureux soit-il, n'est-il pas frère de la mort?

Nombre de pages des *Mémoires* sont une méditation sur les ravages du temps, la disparition des êtres et des sociétés au fil des siècles : la tour du tombeau antique porte une « couronne gothique » (l. 22); les corniches sont « ébréchées » (l. 35); et surtout les aqueducs en ruine, qui « promènent dans les airs le torrent des âges et le cours des ruisseaux » (l. 15-16) – phrase qu'admirait Flaubert, saisissante association de l'abstrait et du concret avec permutation métaphorique des termes, fluidité sonore des allitérations en *l* et en *r* –, font surgir une vision fantastique, celle d'une Rome dont la grande figure féminine paraît l'incarnation démesurée de la jeune amoureuse.

L'antithèse est dramatique entre la grandeur passée (« législatrice du monde », l. 16), la durée historique (« avec sa robe de siècles », l. 18) et la décrépitude des monuments (« le dessin irrégulier », l. 18), l'anéantissement de toute une civilisation. C'est l'universelle « vanité des vanités ». Les beautés de la nature, les « félicités » (l. 40) des hommes, tout n'est qu'illusion trompeuse. Une formule brève comme une maxime le rappelle sans ménagement : « Jeune Italienne, le temps fuit! », et une image quasi biblique assimile les compagnes de Cynthie aux fleurs éphémères (l. 41-42).

Le miracle de l'art

Il faut donc jouir de la vie, mais pour un instant. La seule immortalité est celle que confère l'art. Le plus beau des tombeaux de la voie Appienne perpétue le souvenir d'une Cecilia Metella. Délie a été chantée par Tibulle, Lalagé et Lydie par Horace, Lesbie par Catulle, comme Cynthie par Properce[1] puis Chateaubriand; quant à Olympia, sa beauté et son faste l'ont fait entrer dans l'histoire de la Rome pontificale. Plus loin, Chateaubriand confiera aux « Génies des arts qui viv[ent] de chefs-d'œuvre et voltig[ent] avec les souvenirs

1. *Tibulle, Horace, Catulle, Properce* : poètes latins, érotiques et élégiaques.

(IV, p. 287) le soin de veiller sur le sommeil de Cynthie[1], ou plutôt de l'inspirer. Voilà que le « fantôme d'amour » se révèle pour ce qu'il est vraiment, la Muse, telle la nymphe Égérie[2] qui dicte à l'auteur l'une de ses plus belles pages.

CONCLUSION

Loin de n'être qu'une digression, l'une de ces « arabesques » que le mémorialiste peint sur la voûte de son tombeau, dans ce poème en prose se reflètent, comme dans une mise en abyme, les thèmes fondamentaux des *Mémoires d'outre-tombe* : le rêve obsessionnel de volupté et de beauté, le pathétique *memento mori*, et la foi inébranlable dans l'art. Là est le secret du nom « Cynthie », celui qui transforme l'être aimé en création poétique et lui assure la survie de la littérature.

---

1. En grec ancien le nom est à rapprocher du *Cynthe*, le mont de Délos où était né Apollon.

2. *Égérie* : nymphe de l'Italie ancienne qui passait pour avoir été la conseillère du roi sabin Numa Pompilius (d'où le nom commun *égérie*, « inspiration »).

Texte 7 | « Rêverie au Lido »

(Mémoires d'outre-tombe, IV, pages 402 à 403*)*

Il n'est sorti de la mer qu'une aurore ébauchée et sans sourire. La transformation des ténèbres en lumière, avec ses changeantes merveilles, son aphonie et sa mélodie, ses étoiles éteintes tour à tour dans l'or et les roses du matin, ne s'est point opérée. Quatre ou cinq barques serraient le vent à la côte; un grand vaisseau disparaissait à l'horizon. Des mouettes posées marquetaient en troupe la plage mouillée; quelques-unes volaient pesamment au-dessus de la houle du large. Le reflux avait laissé le dessin de ses arceaux concentriques sur la grève. Le sable, guirlandé de fucus, était ridé par chaque flot, comme un front sur lequel le temps a passé. La lame déroulante enchaînait ses festons à la rive abandonnée.

J'adressai des paroles d'amour aux vagues, mes compagnes : ainsi que des jeunes filles se tenant par la main dans une ronde, elles m'avaient entouré à ma naissance. Je caressai ces berceuses de ma couche; je plongeai mes mains dans la mer; je portai à ma bouche son eau sacrée, sans en sentir l'amertume; puis je me promenai au limbe des flots, écoutant leur bruit dolent, familier et doux à mon oreille. Je remplissais mes poches de coquillages dont les Vénitiennes se font des colliers. Souvent je m'arrêtais pour contempler l'immensité pélagienne avec des yeux attendris. Un mât, un nuage, c'était assez pour éveiller mes souvenirs.

Sur cette mer j'avais passé il y a de longues années; en face du Lido, une tempête m'assaillit. Je me disais au milieu de cette tempête que j'en avais affronté d'autres, mais qu'à l'époque de ma traversée de l'Océan j'étais jeune et qu'alors les dangers m'étaient des plaisirs. Je me regardais donc comme bien vieux lorsque je voguais vers la Grèce et la Syrie ? Sous quel amas de jours suis-je donc enseveli ?

INTRODUCTION

Situer le passage

« Ma joie et ma tristesse furent grandes quand je découvris la mer et ses froncés grisâtres, à la lueur du crépuscule. Je laisse ici sous le nom de "Rêverie" un crayon imparfait de ce que je vis, sentis et pensai dans ces moments confus de méditations et d'images. » Tels sont les termes dont use Chateaubriand pour présenter à son lecteur le dernier chapitre du livre septième – tout entier consacré à Venise – de la Quatrième Partie des *Mémoires*.

Dégager des axes de lecture

Les « images » en question composent un tableau en grisaille, cadre propice à une « méditation » tour à tour voluptueuse et amère.

UN PAYSAGE ÉTAT D'ÂME

La description fait surgir un décor précis et symbolique, en étroite correspondance avec la mélancolie du promeneur solitaire.

La plage du Lido

À l'époque, le Lido n'est pas encore une station balnéaire mais une étroite et longue bande de terre qui sépare Venise de l'Adriatique. Dans la description, le regard va et vient de l'horizon à la plage, de la mer au sable, attiré surtout par l'« immensité pélagienne[1] ». L'architecture du paysage, où dominent les lignes horizontales, est suggérée par des mots rares ou

1. *Pélagienne* : mot savant venu du grec, où il s'applique à la pleine mer, et sans équivalent en français.

techniques : « guirlandé », « limbe » (l. 10-19), ce dernier, avec son singulier peu usité, désignant une bande (d'étoffe), une zone intermédiaire, qu'ici se disputent l'eau et la terre. Même souci de précision dans les notations qui s'attardent sur tel ou tel détail du tableau : « marquetaient », « volaient pesamment », « le dessin de ses arceaux concentriques », « ses festons » (l. 12). Les langages de la mer, de la navigation, des sciences naturelles sont mis à contribution : « serraient le vent à la côte », « la houle... le reflux... la grève... de fucus[1] » (l. 8, 9, 10). Les phrases courtes, juxtaposées, relèvent d'un impressionnisme avant l'heure. Allitérations et assonances renforcent le pouvoir d'évocation des mots, soit fluides : « la lame déroulante » (l. 12), soit pesantes : « marquetaient en troupe la plage » (l. 7).

Une grisaille mélancolique

Quand le voyageur se retrouve au bout de sa course sur la « rive abandonnée » du Lido, ce n'est plus la mer glorieuse et azurée de Brest, la vie affairée d'un grand port (voir Lecture analytique 3). L'« aurore ébauchée et sans sourire » (l. 1) rate son entrée : le spectacle attendu se dérobe. Une longue protase évoquant, en vain, les « changeantes merveilles » (l. 3), tourne court sur la brève apodose[2] : « ne s'est point opérée » (l. 5). Les deux vocables « aphonie » et « mélodie » (l. 3) sont des trouvailles de style : le premier, un néologisme, se rapporte aux ténèbres, le second à la lumière, le sens étant éclairé par l'association des deux mots. Outre l'euphonie, on note une surprenante synesthésie : Chateaubriand entend se lever l'aube. Une tonalité presque funèbre s'accorde à cette grisaille : les « limbes » (l. 19), c'est aussi le séjour des morts. Un terme métaphorique (« ridé », l. 10), une comparaison explicite (« comme un front », l. 11) introduisent le thème habituel : la fuite du temps, dont l'eau qui coule est le symbole par excellence.

---

1. *Fucus* : algue brune appelée d'ordinaire goémon ou varech.
2. *Protase, apodose* : voir note 2, p. 47.

UNE MÉDITATION AMÈRE

La plage déserte, l'aube grise, le constant désenchantement, dans la Quatrième Partie, de l'adulte vieilli, tout cela concourt à nourrir une méditation plus amère que souriante.

À la recherche du passé

La mer – motif récurrent des *Mémoires d'outre-tombe* – a formé pour Chateaubriand le fond du tableau de presque toutes les scènes de sa vie, et elle entourera son tombeau, sur l'îlot du Grand-Bé, comme elle a entouré sa naissance. « J'avais une autre envie, a-t-il dit plus haut (IV, p. 395), d'aller au Lido, à savoir mon envie de dire un mot de tendresse à la mer, ma mignonne, ma maîtresse, mes amours. » On voit que l'image, filée (« mes compagnes... ces berceuses », l. 14-17), des vagues formant une ronde de jeunes filles n'a pas seulement une fonction ornementale : elle rend surtout compte d'un rapport aussi charnel qu'affectif entre l'homme et l'élément marin.

Cette mer, c'est aussi le signe de la continuité solide du moi. Au Lido, les jeux avec les vagues renouvellent ceux de l'enfance malouine (I, p. 45); le « grand vaisseau » (l. 6) disparaissant à l'horizon rappelle ceux du départ pour l'Amérique ou pour Jérusalem; ces Vénitiennes parées de coquillages sont sœurs des Floridiennes rencontrées dans les bois américains, de la Sylphide aussi. Mais les gestes d'adoration rituelle, voire de purification lustrale, les rythmes ternaires des propositions (« Je caressai... je portai... puis je me promenai », l. 16,18, 19), des adjectifs (« leur bruit dolent, familier et doux », l. 20) auront-ils le pouvoir magique espéré, de ressusciter le passé et d'exorciser les menaces du tempse?

Le songe assombri

Le promeneur a beau accrocher ses souvenirs à un « mât », à un « nuage » (l. 25), il n'étreint que les vagues, lesquelles redeviendront amères et effaceront sur le sable un nom aimé (celui de Juliette Récamier), vain talisman. Et, comme toujours, la surimpression des lieux, des années, des voyages, à la faveur des réminiscences, conduit à l'amer constat du temps qui passe, du vieillissement implacable : « Sur cette mer j'avais passé il y a de longues années » (l. 25). Une sorte de film à l'envers, en accéléré, ne rebâtit le monument d'une vie – 1806 : départ pour l'Orient, à l'âge de 42 ans (« en face du Lido », l. 26); 1791 : voyage en Amérique à l'âge de 27 ans (« à l'époque de ma traversée de l'Océan », l. 28) – que pour y installer, déjà, une chambre funéraire : « Sous quel amas de jours suis-je donc enseveli ? » (l. 31). 1833 : Chateaubriand a 69 ans, et jamais ne l'a quitté jusqu'à ce jour la hantise de la mort.

CONCLUSION

La « Rêverie au Lido » exprime encore une fois, s'il en était besoin, les contradictions intimes de René, toujours oscillant entre ses songes, ses rêves de bonheur, d'éternité, ses souvenirs, qui sont aussi des songes, et l'interrogation angoissée qui ne cesse de retentir dans les *Mémoires*. Cherchant sur le sable les traces des pas de Byron, qui s'est promené au Lido avant lui, Chateaubriand demande à un pêcheur : « Sais-tu où il est allé ? Le pêcheur a regardé la mer. Et la mer s'est souvenue de l'ordre que lui donna le Christ : *Tace, obmutesce*, "Tais-toi, sois muette" »

Bibliographie

ÉDITIONS DES *MÉMOIRES D'OUTRE-TOMBE*

- CHATEAUBRIAND, *Mémoires d'outre-tombe*, texte présenté par M. LEVAILLANT et G. Moulinier, Gallimard, « Bibliothèque de la Pléiade », 1946, 2 vol.
- CHATEAUBRIAND, *Mémoires d'outre-tombe*, texte présenté par M. LEVAILLANT, préfacé par J. Gracq, Flammarion, 1948 ; rééd. GF-Flammarion, 1981, 4 vol.

BIOGRAPHIES DE CHATEAUBRIAND

- GUILLEMIN Henri, *L'Homme des Mémoires d'outre-tombe*, Gallimard, 1965.
- MARTIN-CHAUFFIER Louis, *Chateaubriand*, Seghers, 1969.
- MAUROIS André, *René et la vie de Chateaubriand*, Grasset, 1956.

ÉTUDES GÉNÉRALES SUR CHATEAUBRIAND

- BARBÉRIS Pierre, *René, de Chateaubriand*, Larousse Université, 1973.
- BARBÉRIS Pierre, *Chateaubriand, une réaction au monde moderne*, Larousse, 1976.
- LEVAILLANT M., *Chateaubriand, prince des songes*, Flammarion, 1961.
- MOREAU Pierre, *Chateaubriand, l'homme et l'œuvre*, Hatier, 1956.
- TAPIÉ V. L., *Chateaubriand par lui-même*, Le Seuil, 1965.

POUR UNE ÉTUDE PLUS APPROFONDIE

- CAVALIN J.-M., *Chateaubriand et « l'homme aux songes »*, PUF, 1999.
- GAUTIER J.-M., *Le Style des Mémoires d'outre-tombe*, Genève, Droz, 1934.
- GREVLUND M., *Paysage intérieur et paysage extérieur dans les Mémoires d'outre-tombe*, Nizet, 1968.
- RICHARD Jean-Pierre, *Paysage de Chateaubriand*, Le Seuil, 1967.
- VIAL A., *Chateaubriand et le temps perdu*, Julliard, 1963.

Index

Guide pour la recherche des idées

Arts et styles

Histoire

Mémoires

Paysages

Poésie, poètes

Rêves et sentiments

Bussière
à Saint-Amand (Cher), France.
Dépôt légal avril 2006. N° d'édit. : 28875. N° d'imp. : 061436/1.